小学館文庫

きみまろ「夫婦川柳」傑作選3

綾小路きみまろ

JN019802

小学館

きみまろ「夫婦川柳」傑作選3——目次

文庫版まえがき&新作スペシャル

皆様、いかがお過ごしでしょうか……その顔で。最近、ひざがコキコキ鳴るようになって、古希（70歳）になったことを痛感している綾小路きみまろです。

「そろそろ終わってもいい頃な」と皆が願っているのに、相変わらずコロナ禍が続いています。私の漫談ライブも、一時は中止や延期に追い込まれましたが、感染予防対策をとりながら、徐々に再開しています。最近は、こんなネタも……。

「お父さん、今日の夕飯は何を作ろうかしら」

「そうだな、たまにはシチューが食べたいな」

「アラ、やだ。お父さん、何言ってるの？ シチューなんて絶対ダメよ！」

「なんで？」

「だって、シチュー（市中）感染しちゃうじゃない」……皆様、笑いすぎて飛沫を飛ばさないように注意してくださ い。ほかにも、

「そう言えば、『3密』って何のことかしら?」

「決まってるだろ。あんみつに黒みつ、それに白みつのことだよ」

……この続きをお知りになりたければ、ぜひライブにお越しください（笑い）。

テレワーク、ステイホーム、巣ごもり……と家にいる時間が増える中で、夫婦で向き合う時間も増えました。こんな時こそ、ご家庭には笑いが必要です。「それはわかってるけど、夫婦で交わす話題がないよ」。何を言ってるんですか、ご主人！ そのためのネタ本がこの『きみまろ「夫婦川柳」傑作選』なのです！

今回の文庫第3巻では、1巻から3巻まで収録したすべての夫婦川柳を集めた全作品リストをつけています。その数、なんと715句！ これらの中には、今の感覚からすると古く感じられるネタもありますが、これまでの作品の集大成ということで、なにとぞご理解のほどお願い申し上げます。

巻頭は、巣ごもり夫婦にぴったりの新作川柳から始まります。疲れもコロナもこの一冊で笑い飛ばしてください。

2021年6月吉日　綾小路きみまろ

「今日も在宅《ウチ》？」「明日もいるの？」妻の圧

「自宅で仕事ができていいなぁ」という声もあるテレワーク。そのせいか、「なりたい職業ランキング」で「会社員」が1位になったこともニュースになりましたが、おウチの中では、微妙な「圧」がかかっているようです。

さらに、残業がなくなり、自粛で「会社帰りの一杯」もなくなったお父さんには〝我が家のコストカッター〟奥様の厳しい仕打ちが……。

「自粛でしょ!」　女房に睨まれ　小遣い減

家飲みの　ダンナに要請　「時短でしょ!」

そんなご主人、接待を受けた官僚の「飲み会を絶対断らない」という〝迷言〟にもムカついています。

オレだって　断らないけど　カネがない(泣)

我が家ではもともとソーシャル・ディスタンス

新型コロナウイルスで、耳にするようになった「ソーシャル・ディスタンス」。もともとは「社会的距離」という意味ですが、感染予防のため、相手とは一定の距離を保つということです。

「『近づかないで！』と言う女房。立つ位置だけじゃなく〝心〟の距離も離れてるよ。寝室もずっと別々だし。『今夜どう？』と女房の寝室に入ろうとすると『シッ、シッ！　アッチ、行って！』と、犬のように追い払う。『オレはポチじゃない！』と言うと、『そうよ、アナタはポチじゃないわ！　ポチは私の横で寝ていいんだから』だもんな……」。

お父さん　食事、洗濯　部屋も別

わが夫婦　「濃厚接触」？　ありえません

ずっといる…
今日もダンナが
ずっといる…

知らぬ間に
カミさん「GOTO」
どこ行った？

奥様も、ご主人が在宅勤務で、ずっと家にいるのがストレスになっています。そんな奥様、「ＧｏＴｏキャンペーン」が始まると、給付金を使って、ママ友と一緒に温泉旅館へ……。

給付金　すぐに消えたよ　ありがたみ

家にいるご主人、ウェブ会議でも、やらかします。「どうせ上半身しか映らないから」と、上だけはワイシャツにネクタイを締めたご主人。ふいに寄ってきた犬のポチを追い払おうと立ち上がったら、巣鴨で買った赤パンツが丸見えに……。

ウェブ会議　上、ネクタイで　下、パンツ

たまたま画面に映った奥様が美人だと社内で話題になりましたが……。

美人妻？　マスクとったら　ただの妻

ウチの中なぜかオレだけ「3密」に

ステイホームの巣ごもり消費で、本やゲームの大ヒットも生まれました。奥様たちも盛り上がってますが、なぜかご主人は蚊帳《かや》の外で……。「女房と息子たちがゲームをやってるから〝オレもやるよ！〟と参加しようとしたら〝来ないで！『3密』になっちゃうでしょ！〟だって……寂しい話だよ」。奥様たちがやっていたのは、任天堂の『あつまれ　どうぶつの森』（略して「あつ森」）でした。

巣ごもりで　やる気モリモリ　「あつ森」を

漫画の大ヒットといえば、何と言っても『鬼滅《きめつ》の刃《やいば》』（集英社）です。映画の興行収入も爆発的で、主人公・竈門炭治郎《かまどたんじろう》らが身につける「全集中の呼吸」という言葉も流行語に。奥様がさっそく取り入れて一句。

シミとシワ　呼吸で消すの　全集中！

N・i・z・i・U まね
ダンスする妻
二・重・あご

ひとりでコンビニ弁当を食べながら、歌番組で9人組ガールズグループ「Ｎ《ニ》ｉ《ジ》ｚ《ュ》ｉ《ー》Ｕ」の縄跳びダンスを観ていたご主人。「そう言えば最近、女房もダンスを始めたけど、ずいぶん見た目が違うなぁ」と詠んだのが右の一句です。
一方、若さをアピールしようと、ショートムービーアプリ「Ｔ《テ》ｉ《ィ》ｋ《ッ》Ｔ《ク》ｏ《ト》ｋ《ック》」に投稿したご主人の映像を観た奥様が一刀両断……。

TikTokで　踊るおじさん　キモいだけ

第4次韓流ブームも世の女性たちの胸をときめかせました。「『愛の不時着』は大興奮だったわ！　私も、『不時着』を味わいたかった……」。いえいえ奥様も若い頃ご主人の元に〝不時着〟したのをお忘れですか？

ご主人に　「不時着」してから　40年！

「うっせぇわ」
言ってみたいよ
カミさんに
横にいる
夫はニオイで
すぐわかる

最近のヒット曲の中でも特に印象的なのがＡｄｏ《アド》の『うっせぇわ』。「うっせぇ！」を連発する歌を聞きながら、ご主人が心の中でつぶやいたのが右の一句です。一方、オジサンたちに意外に人気があるのが「ＹＯＡＳＯＢＩ《ヨアソビ》」。お風呂の中で歌っているご主人も少なくないようですが、やっぱり奥様に嫌がられます。

YOASOBIに　ハマるオヤジは　「うっせぇわ」

そんな奥様がよく口ずさんでいるのが、瑛人《えいと》さんのヒット曲『香水』です。♪横にいられると思い出す、君のドルチェ&……というサビの歌詞が印象的ですが、ご家庭で横にいるご主人の臭いは、また独特なようです。

加齢臭　かぐとダンナを　思い出す

近づくと　なぜか女房は　離れてく

「クラブハウス？ゴルフやるの？」と聞くオヤジ

新曲が話題になる一方で、『木綿のハンカチーフ』など、昭和歌謡が再注目されています。「ようやくオレにも陽が当たったよ」と懐メロ好きのご主人。カラオケに行けず、自宅で熱唱していると、奥様がうんざり顔でつぶやきます。「歌詞は正確なんだけど、メロディーがメチャクチャなの」。ご主人、残念です！

「昭和歌謡？　オレに任せろ」　ウザ夫

音声SNSの「Clubhouse《クラブハウス》」も話題になりましたが、ご主人はゴルフ場の話と勘違いしていたそうです。ようやくSNSと理解したご主人から奥様のもとに招待が……。聞いてみるとご主人が一人で昭和歌謡を熱唱していたとか。

クラブハウス　始めた頃には　もう下火

奥様、ご主人のことをそんな冷めた目で見ないで、たまには一緒に歌ってあげてください。それがホントの「夫唱婦随」——おあとがよろしいようで。

では、続いて〝本編〟をお楽しみください！

構成／島崎保久（夢組）
編集協力／TYプランニング
小林幸枝
本文DTP／ためのり企画
イラスト／佐々木知子（似顔絵師）

第1幕

「爆笑ライブ鉄板ネタ」編

～潜伏期間30年、メジャーデビュー15周年で、
さらに爆笑の渦を巻き起こす
定番ネタを川柳に～

体重計
そーっと乗っても
デブはデブ

「できるだけ、フワッと空中に浮いてるような感じで乗るといいのよ」と、自分に言い聞かせ、体重計に乗る奥様。その姿を眺めつつのご主人の一句です。
そんなご主人が洗面所に立つ姿を見て、今度は奥様がお返しの川柳を。

育毛剤　たっぷり塗っても　ハゲはハゲ

「なんだと？　最近の育毛剤の効果はすごいんだぞ！　そもそも厚化粧のお前に言われたくないよ！」とご主人も応戦します。

ファンデーション　どんだけ塗っても　シミはシミ

「失礼ね〜。アナタだって育毛剤だのオーデコロンだのいくらかけてるのよ！」

オーデコロン　いくらつけても　加齢臭！

「お前なんか厚化粧してるぶん、５００グラムは体重が増えてると思うぞ！」
ご夫婦の攻防は、いつまでも続くのです。

ヒタムキに
生きてた亭主も
シタムキに

ご主人が何か一言いえば、奥様からの〝口撃〟はその10倍、20倍。サッカーの流行語ではありませんが「奥さん、ハンパないって！」です。

「ウチの夫はまじめで、何事に対しても、ひたむきに頑張るところに惚れたの。若い頃の主人は夜の夫婦生活も、私を十分、満足させてくれたわ。でも、あれから20年！……」

奥様、私のフレーズを勝手に使わないでください！

「わかったわよ。私が言いたいのは、40歳を過ぎた頃から、全然、元気がなくなったということ。若い頃はヒ・タ・ム・キに頑張ったのに。今は何もかも下を向いたまま・・・のシタムキ！」

そんなふうにご主人をディスっている奥様も、加齢とともに体の衰えが目立っているようです。奥様の場合は、いろんなところが張りを失って垂れ下がり、顔も体もぺったんこ、平板、真《ま》っ平《たい》らです！

ぺったんこ　胸もお尻も　鼻も毛も

恋に落ちた
女房が今じゃ
溝に落ち

ご主人と結婚する時は「あんな男は将来性がない」と、ご両親から猛反対された奥様。でも、若い時の燃える恋は誰にも止めることができません。二人は恋に落ちて……奥様にも、そんな時代があったのです。

若い頃はそれなりの苦労もありましたが、子育ても一段落。若い時は恋に落ちましたが、今は落ちついた生活をしています。

「でもこの前、近所を歩いていたら、足を踏み外して、溝に落ちちゃったのよ！」と奥様。「主人も一緒にいたんだけど、ホントに頼りなかったわ」

ご主人、溝に落ちた奥様の手を持って引っ張り上げながら「だ、大丈夫か？　き、九官鳥、よ、呼ぼうか？」「アナタ、九官鳥は鳥よ！　呼ぶなら救急車でしょ！」。慌てて、舌がもつれるご主人に、あきれ顔。

恋にもつれた　亭主が今じゃ　舌もつれ

「舌だけじゃなく、下（下半身）もすっかり、もつれちゃったもんね」。奥様、ご主人への口撃はそれくらいにしてください。また溝に落ちますよ！

結婚を
逃した娘は
父親似
子の短所
「お前に似た」と
なすりつけ

「早く孫の顔が見たいのに……」。そう望む奥様ですが、一人娘はなかなか良縁に恵まれません。

「目鼻立ちも、私に似ればスッキリの美人だったのに、どこをどう間違えたのか、一重《ひとえ》まぶたで団子っ鼻の父親似。一重の目はイマイチだし、あの鼻じゃ男性からハナも引っかけられないわね」。言いたい放題の奥様です。

「性格も、父親似というより、父親の家系似ね。ちょっぴり意地の悪いところなんか、主人のお母さんにそっくり！」

　これを聞いたご主人、「な〜にが『私に似れば、目鼻立ちスッキリ』だよ。タヌキみたいな顔して……。それに、性格が意地悪なのは、お前似だろ！」。

　奥様の容姿と、自分の母親を悪く言う性格には、端《はな》（鼻）っからダメ（目）出しです。そして、そんな両親を見ている娘からも一句。

親を見て　夫婦の現実　学んでる

ラ・ブ・ラ・ブ・の二人が今じゃデ・ブ・デ・ブ・に

アラフォーになったのを機に、フラダンスを習い始めた奥様。発表公演で舞台に立つことになり、中学生の娘さんに、「舞台に……」と告げると「エッ？　ブタになるの？」「違うわよ！　デビューするの！」。

すると今度は、小学生の息子さんが「エッ？　デブになるの？」。……奥様の「舞台にデビュー」が「ブタにデブ」になってしまいました。

「まぁ仕方ないいんじゃないか？」。今も優しいご主人が慰めてくれます。「だって、昔はラブラブだったオレたち夫婦も、今はデブデブだもんな……」

「こうなったら、やせるしかないわね！」。一念発起の奥様。ダイエットに挑戦です。

「若い頃は、ちょっと太めでもセクシーって言われたけど、この歳になると、もう無理ね。とにかくヘルシーな食事にするわ」

セクシーと　言われた奥様　ヘルシーに

ヘルシーな食事で「体重は減るし～綺麗になるし～」といくのでしょうか？

露天風呂
並ぶ中年
トドの群れ

「仕事帰りに、のんびりと湯に浸かって帰宅しよう」「スーパー銭湯アイドルにも会えるし」。最近は、夫婦そろって銭湯に行くのが人気のようです。

「露天風呂で一杯」というのも、お医者様に言わせると、健康的には良くないようですが、「まさに男に生まれけり！」。銭湯の醍醐味です。

ただ、男湯だけじゃなく女湯も、入浴しているのは中高年がほとんどです。

「凄いわよ〜。美熟女集団って言いたいけど、まるでトドの群れだもん」と奥様。

そういう奥様もとどのつまり、そのお一人なのでございます。

「目をつぶって露天風呂に入れば良かったわ。現実の光景って、ちょっと興ざめ。見るとガッカリすることが多いのよね」。反省の奥様。

お風呂帰りには、「お腹が空いたわ」と、人気の手打ちそば店へ……。

行列店　足でこねてる　手打ちうどん

やっぱり、現実の光景は、見ないほうがいいようです。

家の中
話し相手は
犬のポチ

新婚当時は「ただいま！」と帰ると、玄関まで迎えに来た奥様。「アナタ、お風呂にする？　お食事？　それとも……」

あれから40年！（やっと自分でフレーズが使えました）

「ただいま！」と玄関で声をかけても、喜んで迎えてくれるのは犬のポチだけです。奥様はというと、リビングからのテレビの音と奥様の笑い声。ソファに横たわってテレビを見ている奥様に声をかけても、「今、ちょうど面白いシーンなの。気が散るから、私に話しかけないで」「お腹ペコペコなんだけど……」「だから、話しかけないで！　シャラップ！　ビー、サイレント！」。

仕方なく、自分で残りものをレンジでチンして食べるご主人。でもそこに、奥様からの罵声が飛びます。「もう！　せっかく面白いところだったのに、アナタがゴソゴソ音を立てるから、よく聞こえなかったじゃない！」

ご主人、トイレに逃げ込んで一句。

家にいて　ホッとするのは　トイレだけ

トイレから出てきた人とする握手

ご主人、家のトイレだけでなく、今日は病院のトイレへ……。糖尿病の疑いがあるため、検尿だそうです。

検尿で　なみなみとっちゃう　中高年

検尿の紙コップに、なみなみとおしっこするご主人。中高年は、なぜか検尿の時に、こぼれるほど入れてしまいがち。そのため、紙コップを持つ左手をおしっこで少し汚し、「手を洗おうか」と洗面台の前に立つと、同じように並んだ中高年男性が……。「おたくも？」「いや、お恥ずかしい……」。妙（尿）な出会いから話が弾み、がっちりと握手する二人でした。

紙コップ　昼は検尿　夜、乾杯

検査が終わると、どちらからともなく「軽く飲んで行きませんか？」と立ち飲み屋へ。紙コップにビールを注ぎ、「なんだか、色が昼間こぼした尿の色と一緒ですねぇ」。そして二人で、会社や奥様への愚痴をこぼし合うのです。

オシャレよね〜
シルクのような
ポリエステル

「オシャレよね〜」。おめかししたご近所のママ友を褒める奥様。

「それ、シルクでしょ?」「エエ、まぁ……」。でも、心の中では腹のさぐり合い。

「シルクじゃないと知るくせに、よく言うわよ！　アナタが着てるのはポリエステル。私は知ってるのよ」

　世のご婦人方が、同性を褒める時は、ウラがあるものです。褒めても、心の中では「どうせ(同性)、大したものじゃないわ」と思っています。

　その一方で、奥様はけっこう自己評価が高いようです。

「私、目は小さいんだけど、昔、合コンの時に男の子から『うるんだ瞳が色っぽいね』って褒められたことがあるのよ」

　それを聞いたご主人。「うるんでるのは、いつも昼寝ばっかりしてるからだろ?　その証拠に、目のまわりに目ヤニが出てるじゃないか」

うるんでる　瞳にかがやく　目ヤニかな

奥様の
シミはブローチ
シワ、デザイン
首まわり
肉のたるみは
ネックレス

ふだんアクセサリーを身につけない奥様の口癖は「私、金属アレルギーなの。それに、元のつくりがいいから、別にネックレスとかつけなくても全然問題ないわ！」。

隣で聞いていたご主人、心の中でつぶやきます。「ウチの女房の場合は、シミがブローチ代わり、シワは隈取《くまど》りみたいなデザインだからな」

私の分析によると、女性のシミ（4・3）は43歳から、シワ（4・8）は48歳から多くなります。さらにご主人が、奥様を題材に川柳を……。

女房の　ホクロはまるで　黒真珠

これには奥様からの怒りの声が……。「母親なんだからホクロはいいでしょ！　子供から『おふくろ』って呼ばれてるんだし。それと『首まわり』のたるみ？　だったら、本物のネックレスをプレゼントしてよ！」

ご主人、「無理だ。金欠で、首がまわらない……」。

握ってた
昔、女房
今、手すり

若い頃は、夫婦で外出するといつも手を握ったり、腕を組んだりしていました。自宅にいても、リビングでは手を取り合ってテレビを見て、寝室でも朝まで握り合って眠ったものです。

それが、今は外出しても、サッサと前を歩くのは奥様です。

「な〜にやってんのよ！　早く歩きなさいよ！」。階段の上り下りなんか大変です。ご主人が、手すりを頼りに歩いていると、「手すりなんか持たなくても、足をきちんと上げ下げすれば歩けるんだから！」。

そんな奥様も、時にはご主人の手を握ってくれることがあります。

夫の手　握る奥様　脈、測る

「疲れてるの？　わざわざ病院に行くのも面倒だし、お金もかかるでしょ。私が脈を測ってあげるから、腕を出して」。奥様の剣幕に押されて、思わず心拍数が上がってしまうご主人なのです。

鼻の穴
大きいほうが
管、入る
細い目も
どうせ最後は
閉じるだけ

「目は細いのに、どうして鼻の穴はこんなに大きいのかしら……」。若い頃からご自分の顔のつくりにご不満の奥様。

「物は考えようだよ」とご主人。慰めてくれるのかと思ったら、「病気になって、鼻から管を入れる時に、都合がいいだろ？」。続けて「目が細いのも、どうせ死ぬ時は閉じなきゃいけないんだから、心配いらないよ」。

「なんか気分悪いわね」と、やっぱり不満げな奥様でしたが、定期健診では「健康体です。これなら90歳まで長生きできますよ」と、お医者さんから太鼓判。

一方のご主人はというと、「胃と肝臓の数値が悪いですねぇ」と言われ、「このままではいかんぞう」との診断が……。

その日以来、奥様はせっせと葬儀社のチラシ集めを始めたそうです。「ずいぶん集めやがって。何枚だ（ナンマイダ）？」。チラシを数えるご主人でした。


葬儀社のチラシ集めはなんのため？

若づくり写真うつりは歳相応

「お父さん！　このカメラ、壊れてるわよ！」「『壊れてる』って、1か月前に買った新品だぞ」「でも、壊れちゃってるのよ！　この写真を見て！」。プリントした写真をご主人に見せる奥様。そこにはバッチリメイク、若やいだ衣装で写る奥様の姿が……。

「きちんと写ってるじゃないか？」「写ってないわよ！　私の顔は、もっと若いはずよ。こんな風に写るなんておかしいわよ。カメラが壊れてるんだわ」

ご主人、「壊れてるのはカメラじゃなくて、お前の顔のほうだよ」と、言いたくなるのをグッとこらえて一句。

妻の顔　縦ジワ　横ジワ　斜めジワ

「写真に写る女房の顔を見たら、ハロウィンの東京・渋谷のスクランブル交差点を思い出しちゃったよ」。シワが上下左右に伸びる奥様の顔……。「ハロウィンが終わると、すぐに師走（しわす）だなぁ」。そう連想するご主人でした。

担任と思った相手は同級生

当たり前ですが、小学校時代はみ〜んな、若かった。あれから40年！　久々の同窓会に出席するかどうか「どうしようかい……」と迷った末、出席することにしたご主人。

「アッ、担任だったY本先生だ！　先生、ご無沙汰しております！」。声をかけると、「冗談はよせよ。オレは、同級生のN野だよ」。

同窓会　担任よりも　ハゲ進む

担任のY本先生よりも、ハゲが進んだN野くん。「それにしたって、間違えるっていうのは、どういうことだよ」。怒って抗議です。「ここは謝るしかない」と覚悟を決め、「担任と間違えて堪忍！」と頭を下げます。

そんなご主人を「気にしなくていいわよ。あんなに変わったんだもん、間違えるのは仕方ないわ」と、慰めてくれる女子の同級生が……。その顔を見て「アレッ、女性の担任なんかいたっけ？」。だからやめなさいって！

増えるだけ
白髪、体重
シワ、脂肪

下がるだけ
目尻も尻も
おっぱいも

「ウチの子が生まれた頃は、『増やせるアルバム』というのが流行って、子供の成長記録の写真を残すのには、ずいぶんと重宝したものだわ」と奥様。ヒット商品となったナカバヤシの「フエルアルバム」は今も人気で、理研ビタミンの「ふえるわかめちゃん」と並んで、〝増えて嬉しい〟商品の代表でしょう。

「もともと『増える』という言葉には、いいイメージしかなかったんだけど、歳を取ると、白髪やシワ、脂肪に体重と、増えて困るものばっかりなのよね」

奥様、自嘲気味に「下がるだけ……」の一句を付け加えます。

「物価が下がるのは大歓迎だけど、目尻とお尻とおっぱいが下がるのはパス」。

話してるだけで、テンションだだ下がりの奥様。

「この三段腹も、なんとかならないかしら……」。残念ながら奥様、もう誰も引き取ってはもらえません。

下取りの　きかない女房の　三段腹

綿アメがみんなくっつく総入れ歯

金魚すくい座ったとたんぎっくり腰

鹿児島県の山村出身のご主人。秋祭り、神社の境内には、綿アメ、金魚すくい、射的など、いろんな出店が立ち、あのフーテンの寅さんのようなお兄さん、おじさんが威勢のいい口上で客寄せをしていました。

夏祭りの夜、いつもは中学の制服に身を包んでいた同級生の女子が、浴衣姿で祭りの会場に……。そのかわいい変身ぶりに、心がときめいたものです。

ああ、それなのに、あれからウン十年！

綿アメが総入れ歯にくっつき、金魚すくいではぎっくり腰になり、まわりのお客さんからは「近所（金魚）迷惑だ」と顔をしかめられる始末。「入れ歯についた綿アメは取りたいけど、歳は取りたくない」としみじみ思うご主人です。

「そう言えば、アナタの出身校って何中学？　有名校だったの？」。奥様から聞かれたご主人。「薩摩では名門だよ」「あ、わかったわ！」

お父さん　何中《なにちゅう》だったの　イモ焼酎？

ご主人、「しょっちゅう（小・中）飲んでるけど……そんなわけないだろ！」。

奥様がお綺麗すぎて目をつぶる

本日は、ようこそ「きみまろ夫婦川柳ライブ」までお運びくださいました。

奥様、ホントに素敵ね……お洋服が。たくさんあるお洋服の中から、今日はそれを選んできたんでしょ？　一番いい服なの？　それが？

でも、ホントに綺麗よ……そのつぶらな瞳！　そんな瞳を見ていると、つい「目をつぶらなきゃ」って思ったりして。奥様がお綺麗すぎて、正視できないの！

奥様、お化粧品もすごいんでしょ。美しくなるために、努力してるもんね。お顔にたっぷりの美容液とファンデーションを塗りたくって……シワが埋まるように。お金もかかってるんでしょ？　それで……そんな感じなの？

厚化粧　なんで綺麗に　ならないの？

若い頃はいろんな男に追いかけられたでしょ？　エッ？　ご主人だけだった？　でもいいじゃない。いま追いかけてくるのは銀バエかイノシシぐらいだもの。

奥様を　追いかけるのは　イノシシぐらい

怒ってる？
怒ってないの？
そんな顔？

奥様、若い頃はお綺麗だったんじゃない？　お綺麗だったでしょ？　面影ないけど……。

仕方ないよ。誰だって、歳を取ったら外見が変わるのは避けられないもの。シミやシワは生きてきた証《あかし》！　それだけ蓄積があるってことだもん。

目尻が下がって、ほうれい線が深くなるのも、おっぱいが下がって、ウエストがなくなって、お尻がでっかくなるのも、み～んな経年劣化……。

奥様、ごめんね、ひどいことばっかり言って。ライブってこういう流れなの。大丈夫？　怒ってる？　怒ってないの？　そんな顔なの？

そこのマスクしている奥様、大丈夫？　どうしたの？　なんでマスクしてるの？　花粉症？　歯医者に行ったの？

歯がないの？　歯を入れ替えたの？　どっちなの？

じゃあ、マスクとって。しゃべらなくてもいいから歯を見せて笑って。ハ・ハ・ハって。笑うと、口がおっきいのね～。ホント、いろいろ言って、ごめんね。

18金
プラチナ　純金
それは数珠？
着飾って
いても隠せぬ
その猫背

奥様、その洗練されたファッション、気品に満ちたお顔、びっくりするようなスタイル……どれも、私の想像以上です。

アクセサリーもバッチリ。遠くからでも、お高いのがわかります。純金でしょ？　18金？　そっちに見えてるのはプラチナじゃない？　見ればわかるの。数珠《じゅず》でしょ？　エッ？　ブレスレットなの、それ？　光っててよく見えなかったわ！

シワやシミも、少し離れていれば厚化粧で見えません。でも、遠くからでも「おばさんだ！」とわかるのは、背筋が伸びてないこと……そうです。中高年女性の特徴は猫背なのです。

エッ？　そんなこと言われたらショックで寝込（猫）んじゃう？　奥様、猫背でも、O脚でも、アナタにはご主人という強い味方がいるじゃないですか。

奥様も　選ばれたんだ　その顔で

これはご主人にも言えますが、お互い、その顔でも選び、選ばれて一緒になったのです。

いつでもあると思うな人気と毛

奥様のことをいろいろ言ってきましたが、私だって他人の顔をどうこう言えるような顔じゃございません。わかってるの！　道に迷ったタヌキみたいだっていうんでしょ？

きみまろは　道に迷った　タヌキ顔？

おかしいの？　な～にがおかしいの？　奥様の顔だって、かなりおかしいんです。そんな顔に笑われる身にもなってください。

でも、こうして皆様が笑ってくれるのは、ほんとうにありがたいことです。潜伏期間30年、長い下積みの時代が私にもあったんです。そして、メジャーデビュー15周年もみんなに祝福してもらって、感謝、感激、雨あられ。

感謝の気持ちを込めて、自分のことも川柳にしてみました。「人気」については、自戒を込めて「いつまでもあると思うな」と言い聞かせております。「毛」のことは「もう（毛）放っておいて！」。

ねぇ奥様
幸せになろう!
別々に…

奥様もご主人も、結婚当初は、お互いを見つめ合う夫婦生活でした。それがいつしか、同じ方向を見ながら歩んでいく夫婦生活になります。

私の友人で、「女房とは、趣味が全く別々」というご夫婦がいます。「若い頃は〝なんで一緒に楽しめないんだろう？〟と不満だったよ。でも、中高年になると、お互いの楽しみを自由に味わうのが一番だとわかったんだ」

奥様、私もいま、そんな気分です！

人間、「あれもこれも……」と言い出したのでは、キリがありません。奥様も、生まれ持ったそのお顔で、これからも生きていくのです。

その顔で　生きてきたんだ　これからも

やっぱり、元気なうちに愉しまないとね。奥様だって、幸せになるために生まれてきたんだもん。ただ、幸せになれないだけ……。

ねぇ奥様　いろいろ言うけど　気にしてね⁉

おまけ1

芭蕉で爆笑!?

名句もじり川柳

俳句も川柳同様、諧謔《かいぎゃく》すなわち滑稽や遊びを含んだ芸術と言われます。その精神にあやかって、「夫婦のゲキジョー」編集チームで松尾芭蕉らの名句をもじった夫婦川柳も考えてみました。

「物言えば　唇寒し　秋の風」　芭蕉

↓

物言えば　背筋が寒し　ダジャレ夫

「ともかくも　あなたまかせの　年の暮れ」　一茶

↓

なにもかも　女房まかせで　「オレのどれ?」

「火の用心　マッチ一本　火事の元」　標語

↓

妻に用心　その一言が　キレるもと

第2幕

「ニュース＆流行語」編

～ご夫婦の思い出はニュースとともに。
ニュースや流行語から、ご夫婦がたどった
時代が見えてきます～

新元号「令和」に決定「アレ、いいわ！」

新元号が「令和」に決まり、発表当日は号外が出される大ニュースとなりました。「令和」の出典は万葉集からだそうで、日本の古典に由来する元号は「これまで例は（令和）なかった」ということです。

この「令和」、当初は候補にもなっていなかったと報じられ、「令」の字もこれまで使われていなかったという元号だけに、「アレ？」という驚きの声が……。「でも、『平和』を連想する響きだし、やっぱりアレ、いいわ！」という冒頭の句になりました。

嬉しくなった奥様、平成への感謝と新元号をお祝いしようと、お友だちと一緒に皇居にお出かけすることに……。もちろん、お化粧もバッチリ決めて、まるで別人のようになっています。

そんな奥様を見たご主人がつぶやきます。

カミさんも〝平成最後の厚化粧〟

元号が代わって我が家も代替わり？

我が家ではもともと「女系」が続いてる

元号が代わって、家庭内でも何かしらの変化が……と期待していたご主人には、残念なお知らせです。夫婦の立場は変わらず、奥様の「いい機会だわ。世帯主をアナタから息子に代替わりしましょう！」との提案が……。

「なんでだよ？」「だって、アナタより見た目もいいし、髪の毛は多いし、頼りになるし」「見た目と髪の毛は関係ないだろ！　それに、息子はまだ中学生だぞ」

「大丈夫よ。昔は11歳で元服したんだから」「いつの時代のことを言ってるんだ！」

「奈良時代よ。これ以上、文句があるなら、さようなら。離婚よ！」

改元で　名字も新たに　再出発

奥様の「今の名字にも飽きたしなぁ……」の一言に、大慌てのご主人。元服話にも屈伏です。

また、現在の皇室は「皇統に属する男系の男子」が皇位を継承すると皇室典範に定められていますが、ほとんどのご家庭では奥様が主導権を握っているようで、かかあ天下は変わりません。

「オレだ、オレ！」
ダンナの電話は
留守電に

奥様は、最近社会問題となっている「アポ電強盗」の対策については万全のようです。不審な電話がかかってきたら、留守電にして騙されないようにしています。

その一方で、そんな奥様の対応が読めないご主人。電話してもなかなかつながらず、戸惑うばかりのようです。

なんでだろう？　女房にかけても　すぐ留守電

「ちゃんと自分から名乗らずに、『オレだ、オレ』とかけてくるほうがおかしいのよ。そんな電話をしてくるのは、何かたくらんでいる下心のある人間に決まってるわ」

「アポ電」を　かける男の　下心

ご夫婦なら、電話の声を聞き間違えることもないと思いますが、「オレオレ詐欺」や「アポ電強盗」には、くれぐれもご注意ください。

10 連休 ダンナは留守番 ポチの番

ご主人の苦難(?)は続きます。「令和元年」のゴールデンウィークの10連休。「私たちは家族で沖縄旅行を楽しんでくるわ」と奥様。「『家族で』って、オレは?」「アナタ、映画の『万引き家族』がお気に入りだったじゃない。ウチの場合は、タイトルが『留守番家族』で、出演はアナタとポチよ。10日間、ポチと楽しいストーリーを作ってね」。奥様から痛烈な一句が……。

10連休　亭主の顔も　3度まで

結局、この連休は奥様とほとんど顔を合わせることなく、ポチと一緒に自宅で過ごすハメになったご主人。「鬼（女房）の居ぬ（犬）間に洗濯（贅沢）」と意気込みましたが、奥様が「ハイ、これ、10日間の生活費ね」と渡してくれたのは、1日たった1000円の予算の1万円札1枚……。

お昼はインスタントラーメンに、夜はコンビニ弁当。贅沢はできず、奥様が残していった下着などの洗濯。「ことわざの『洗濯』って本当の洗濯じゃなくて、心の洗濯なんだけどなぁ……」。ため息つづきのご主人でした。

『（妻の）トリセツ』を知らないダンナはツマはじき

連休中に、ベストセラー『妻のトリセツ』（講談社）を熟読したご主人。「なるほど」と納得です。「ただ、うちのカミさんは、けっこう変わってるからなぁ」。奥様は、ネットの話題にも敏感で、すぐ使いたがります。

最近、ハマっているのは、大阪メトロの堺筋線《さかいすじせん》が、英語で「サカイ　マッスル」と誤訳されて話題になったこと。

「好物は　マッスルチャイルド」？　それ「筋子」！

ご主人に「アナタ、好きだもんね」「筋子《すじこ》の筋をマッスルと訳すのは筋違いだよ」「でも腕立て伏せより、大阪の地下鉄のほうが効果あるんじゃない？」。

大阪の　地下鉄乗れば　ムキムキに？

ご主人、あきれ顔で一句。

ウチだけの　『妻のトリセツ』　書いてほしい

スッピンの女房の顔こそ「不適切」？

ネットでは、アルバイト店員がいたずら動画をＳＮＳにアップする「バイトテロ」や「不適切動画」も問題になりました。私がもっと問題だと思いますのは、右の「スッピンの女房の顔……」の句を詠んだご主人です。ブルルッ！　私にはとてもコメントをする勇気はございません。

立ったまま　おしっこするのは　〝ダンナテロ〟

こうした句なら大丈夫です！　著者である私の立場も考えて、ぜひ、こういう句にしてください。

「トイレが汚れるから、おしっこは座ってしてねって言ってるじゃないの！　何回言ったらわかるのよ！」。お怒りの奥様。トイレに入る時は「行っトイレ」と優しい声をかけてくれたのに、立ったまましたのがわかると「今度やったら厳罰だからね！」。ご主人、おしっこだからといって、執行猶予はつきませんので、ご覚悟のほどを！

手抜きメシ
コンビニ時短で
妻、ピンチ
嫁、寝てる
コンビニ閉まる
メシ抜きに…（泣）

人手不足によるコンビニの営業時間短縮のニュースは、ご夫婦にとって〝死活〟問題です。これまでは、奥様が毎日のように利用していました。

コンビニは　妻の行きつけ　食料庫

忙しい時は、お子さんの夕食も、コンビニで買ったお惣菜《そうざい》をレンジでチンしてお皿に盛りつけ、あっという間に「母の味」が完成です！

コンビニで　惣菜そろえて　「母の味」

ご主人にも「帰りが遅くなるようだったら、コンビニでお弁当を買ってきて食べてね」と勧めていました。

ところが、いよいよ近所のコンビニが時短営業をスタート。この日も残業を終えて、終電で帰路についたご主人。「女房もコンビニ時短のことはわかっているはずだから、何か作ってくれてるだろう」と、お腹を空かして帰宅すると……奥様は高いびきで就寝中。メシ抜きで、腹の虫が治まらないご主人でした。

レンチンで
我が家はすでに
無人化し

「今日は、仕事がハードだったなぁ」。仕事の疲れを美味しい夕食で癒そう、と帰宅すると、食卓には何もなく、「夕飯は、冷蔵庫の中の残り物をレンジでチンして食べて」の奥様のメモが……。

奥様は最近コンビニなどで話題の「レジ無人化」や「営業時間短縮」にも、しっかりと便乗です。

その奥様はどこに行ったのかと思ったら、これまたメモで、「ドラマを見過ぎて疲れたから、先に寝るわね」と残しベッドの中……。

夜8時　営業終わった？　妻、寝てる

8時と言えば、昔はドリフターズの『8時だョ！　全員集合』。加トちゃん、ケンちゃんに大笑いし、一緒にヒゲダンス。家族で食卓を囲んで見ました。ところが今では8時には寝てしまう奥様。

心は冷えているけど、食材はレンジでチン……と温めるご主人なのです。

ノー残業
早く帰ると
妻いない
「改革」を
すればするほど
妻、不機嫌

ご主人のほうはと言えば、いわゆる「働き方改革」が始まって「ノー残業デー」も増え、以前より帰りが早くなりました。でも、今よりも労働時間が短くなったら、なけなしの残業代まで減ってしまいます。「働けど　働けどなお　我が暮らし……」。思わず、啄木の有名な歌を口ずさむご主人です。

早く帰宅しても、奥様はママ友たちと外出中。外から戻った奥様は、自分よりも先に帰っているご主人を見ると、急に不機嫌そうな顔になります。

残業代　減ってますます　家遠し

バブルの頃は、いつも帰宅が午前様でした。それが今では定時に終わり、帰宅は6時半。それじゃ早すぎるので、帰宅ルートにある公園のベンチでひと休み。といっても、お小遣いもないので、時間もつぶせず、しぶしぶ帰宅すると、やっぱり奥様の言葉が胸に突き刺さります。

「早いわね～」　女房の言葉にゃ　トゲがある

「ご飯まだ？」
そう聞くアナタの
出世まだ？

「元号も新しくなったのよ。アナタの課長っていう肩書きもいい加減、変わってほしいわ。だいたい、大阪出身じゃないんだから、『この15年間、ずっと課長をやってまんねん』という万年課長は、そろそろ、卒業したら？」

奥様の口撃は容赦ありません。さらに、子供たちまでもが、家にいるご主人を煙たがるようになります。

お父さん　帰りが早いと　嫌がられ

家族からのブーイングにタジタジのご主人、「万年課長で何が悪い！」と、ささやかな反論です。

「課長っていうのはなぁ、部長と平社員の間に立って調整役になる、なくてはならない存在なんだ。家の中の家長だってそうじゃないか！　オレがいなけりゃ困るだろ？　カチョーは偉いんだぞ……」。ご主人、寂しくつぶやきます。

オレだって　寄り道したいが　カネがない

テレワーク亭主元気で留守…じゃない

自宅でも喫茶店でも、どこでも好きな場所で働ける「テレワーク」も話題ですが、奥様にとっては懐かしの流行語「亭主元気で留守がいい」は今も通用するようです。こんな辛辣《しんらつ》な句も……。

猛暑日に　夫を見ると　なお暑い

奥様に言わせると、「家にいるからって、家事を手伝ってくれるわけじゃないのよね。亭主はいらないわ。家事代行で十分」。

夫より　頼りにしてる　家事代行

やはり最後に白旗をあげるのは、ご主人のようです。

嫁さんに　反論できる　AIほしい

人工知能のAIも、奥様に反論できる機能はなし。レスリングの吉田沙保里さんだけでなく、世のすべての奥様が「霊長類最強」なのです。

カネ食えば
ゴーンと鳴るなり
日産自（動車）

奥様に頭が上がらないご主人も驚いたのが、日産ゴーン・ショックです。剛腕で鳴らしたゴーンさんは、「V字回復」の立役者でもあり、日産の社員の中にも複雑な思いを抱いている人も多いかもしれません。

剛腕の　ゴーンのご恩は　忘れません

とはいえ、毎年約10億円もの報酬をもらいながら、さらに退任後にも数十億円もらえる約束になっていたとか。雀《すずめ》の涙ほどしかない給料に甘んじているご主人、その金額にあきれつつ、「柿食えば　鐘が鳴るなり　法隆寺」をもじった右の一句を詠んで、怒りをぶつけます。

「臆（億）することなく、遅（億）ればせながら言わせてもらうけど、毎年10億円ってなんだよ！　オレなんか、そんな大金には全く縁（円）がないよ……」

それを聞いていた奥様、セレブにはほど遠い自分の運命を嘆きます。

ウチなんか　セレブというより　どうせデブ

カジノより
ヤバい
〝スイーツ依存症〟

「ダンナの稼ぎが悪いなら、カジノで一攫千金《いっかく》を狙うわ！」

セレブを夢見て、鼻息の荒い奥様。最近のカジノ開発に興味津々です。

カジノをめぐっては、一度ハマると、お金をどんどん注ぎ込んでしまう「ギャンブル依存症」が心配されていますが、「ウチのカミさんの場合、むしろ日々増え続ける体重とともに心配なのは、甘いお菓子やケーキを欠かさない『スイーツ依存症』のほうだよ」というご主人が詠んだのが右の句です。

でも、もっと心配なのは、こっそりと美容整形に通う奥様。莫大《ばくだい》なお金をかけて美の追求に突き進んでいるようですが、それも一種のギャンブルです。

ギャンブルは　もう十分よ　顔だけで

そんなこととはつゆ知らず、美容整形に通う奥様のために家事を手伝うご主人。

〝褒められて伸びる〟タイプのようで、まんまと乗せられています。

カジノより　「家事の天才！」　ホメ殺し

オヤジには使えるコネもカネもない

ご主人の受難は続きます。文部科学省の現役局長による増収賄事件で、東京医科大学の〝裏口入学〟も発覚しました。最近はなかなかそんな手は使えないようになっていると聞いていただけに、エリート官僚の犯罪に驚きでした。「まぁその点、アナタは大丈夫ね。だって、権力も財力もなし。使えるコネもカネもないもんね」。夫を笑う奥様に、負けじとご主人も一句、返します。

コネはない　あるのは妻の　コーネン（更年）期

怒りの矛先は、サイバーセキュリティ担当相を務めていた桜田義孝前大臣に飛び火。この肩書きでパソコンの門外漢だなんてありえず、結局、失言で辞任。

パソコンを　使えぬ桜田　門外（漢）のヘン

オフィスでは、若手社員から「課長、パソコン苦手なんですか？」と小バカにされているご主人。「パソコンはあまり使わないけど、自分の能力に疑いは持ってないよ」という反論も、前大臣にそっくりです。

オレだって「書き換え」たいよ婚姻届

財務省が認めた公文書の「書き換え」「改竄《かいざん》」は新聞紙上にもかなり取り上げられました。ご主人いわく、「役所の文書をそんなに簡単に書き換えられるんだったら、オレだってやりたいよ」。何をどうやりたいのかというと、「婚姻届の妻の欄に『綾瀬はるか』って書けたらなぁ」。望みゼロの空想をするご主人ですが、対する奥様はもっと現実的です。

遺言状「書き換え」知らぬは亭主だけ

「すべての財産を生まれ故郷に寄付する」と書いているご主人。娘さんとこの遺言状を見た奥様は「ダンナが死んだら、あんな田舎とは関係なくなるんだから、全財産は私と娘で山分けよ！」。知らぬは夫ばかりなり……なのです。

知らぬと言えば、安倍晋三首相（当時）も数々の疑惑への関与は否定していますが、野党は追及の手を休めないようです。

安倍さんが「Sorry（総理）」と言うまで追い詰める

セクハラも
口先だけの
我が亭主

財務省トップの事務次官が、テレビ局の女性記者にセクハラ発言をしていたニュースにもビックリしました。「おっぱい触らせて」「キスしたいんだけど」などと発言していた音声データが公開されて、日本中が注目しました。

「まるでウチのダンナとおんなじね。口で言うだけなら得意そうなんだけど、実際には全く役立たずだもの」

奥様の言葉は辛辣です。「財務省のおじさんは、お店の女性と『言葉遊び』を楽しんだとかって言ってたんでしょ？　オヤジはみんなそう言うのよ」

セクハラを　「言葉遊び」と　言うオヤジ

セクハラや性的暴行を受けた女性たちが、SNSなどで被害を告発する「#MeToo《ミートゥー》」投稿が広まりましたが、ご家庭でもお父さんの下ネタに困っているようです。

おっさんの　下ネタうんざり　「#MeToo」よ

「食べてない!」言い張るカミさんなぜ太る?

いわゆる「モリカケ」問題で安倍政権が繰り返した論点のすり替え答弁を指す「ご飯論法」という流行語も、記憶に新しいところです。

朝ご飯を食べたかと聞かれて「ご飯（白飯）は食べてない（パンは食べたけど）」と答えるようなごまかしのことですが「まさにウチの女房だよ！」と言うご主人。

「ご飯はね…　ウソじゃないわ」と　パン食べる

「ご飯を食べるのも、パンを食べるのも一緒だろ！」と怒ると、「ごめんなさい！」。でも、そう謝っていた頃は、まだ、可愛かったようです。

そんな奥様が、お笑い芸人サンドウィッチマンのネタ、「カロリーは食べ物の中心に集まるから、真ん中に穴の空いてるドーナツはカロリーゼロだ」を聞いてからは豹変《ひょうへん》。「おにぎりもトーストも、真ん中をくり抜いて穴を空ければ、カロリーゼロなの！」

じゃあ、三段腹になったその体型はどう説明するんだよ！

妻だけが長生きしてる未来年表

最近では、『未来の年表』（講談社）という本がベストセラーになりました。その本によりますと、今や100歳以上の日本人の約9割は女性だそうです。ご飯もパンもなんでも食べる旺盛な食欲が長寿の秘訣かもしれません。

それでも近頃、頭の白いものが気になっていた奥様。髪の毛を染めようとしたところ、思わぬ事態に直面したそうです。「も〜、肩が上がらなくて、うまく染められないわ。この五十肩、ムカつく！」

白髪染め　うまくできない　五十肩

そこで、フリーアナウンサーの近藤サトさんがやったことで話題になった、白髪を染めない「グレイヘア」にすることに。そんな奥様を見て、ご主人がぽつりと一言、「もう還暦すぎてるのに、五十肩って言うのかなぁ」。

グレイヘア　女房がやったら　ただババァ

「希望」には失望、絶望
もう逃亡？
寝室じゃ
いつも女房に
「排除」され

初めて女性の東京都知事となった小池百合子さんも、大きな話題となりました。イメージカラーである緑色のファッションの新鮮な印象とともに、就任当初から「希望の党」「排除」「リセット」「ユリノミクス」「○○ゼロ公約」など、川柳ネタにぴったりな流行語を生み出してくれました。

「せっかく期待してたのに……」と、ため息をつく奥様が詠んだのが最初の句。「ダンナのことよ。結婚初夜で失望、10年経っても平社員のままで絶望、このまま定年になったら、さっさと離婚して逃亡よ！」

そんな奥様の言葉を聞き、「新婚時代から失望されてたのかぁ。この前も『たまには……』と女房の布団にもぐり込んだら『あっち行って！』と蹴飛ばされ、〝リセット〟されたもんなぁ」。うなだれるご主人。

さらに追い打ちをかけるように、奥様から公約みたいな言葉が飛んできます。

妻、宣言　「小遣いゼロ！」に　「愛もゼロ！」

進次郎より

オレの言うこと

信じろ〜（涙）

奥様の愛はどこに行ったのでしょうか？　「進ちゃん、ステキ〜！」。そうです！　小泉進次郎議員の追っかけです。いつも選挙の応援演説会場では、女性の声援で大フィーバーに……。

「進次郎〜♥」　妻のハートは　「恋」済みに

「そりゃ、アナタも昔は進次郎さんのようなハンサムだったわよ。でも今のアナタはハンサムというよりハムサンド」。「どういう意味だよ？」「単なるダジャレ（笑い）。ハムサンドはハズバンドとも掛けてるのよ」。奥様から、軽〜くあしらわれているのです。「果物で言えば、進次郎さんが甘〜いマスクメロンで、アナタは洋梨。つまり用無しってこと。じゃあね〜」

進次郎　追っかけ妻は　今日も留守

翌日も出かける奥様に、ご主人が心の叫びを川柳に託します。

化粧した
お前の顔も
「フェイク」だろ?

失礼ね!
アナタの髪こそ
「印象操作」

主にネットやSNS上で拡散されるウソの情報を「フェイク（虚偽）ニュース」と呼ぶそうですが、いつも奥様にやられてばかりのご主人、この言葉をもじった皮肉の一句をぶつけます。

奥様のお化粧は、フェイス（顔）をフェイク。まさに夫婦川柳の定番の一句、「久々の　化粧にダンナも　後ずさり」なのです。

そういうご主人も、今では頭が枯れススキ。すかさず奥様が反撃したのが2つ目の句。「印象操作」とは、安倍首相（当時）が野党の質問手法を批判した言葉ですが、奥様の指摘に、ご主人、頭を指差して、「そんな考えは毛頭ない！」。

でも、「印象操作」じゃなくても、写真によっては髪が多く見えることも。インスタグラムで写真の見映《みば》えがいいことを「インスタ映え」と言いますが……。

毛が増えた？　夫はまさに　〝インスタ生え〟

「インスタばえ？　どんな蠅だ？」と　亭主ボケ

増税でオレの小遣い10%（テンパー）減
どうせなら
増税前に
増毛を

消費税が10%に増税されたのもご主人にとっては困りもの。「増税になったから、アナタの小遣い10%減らすからね！」と奥様。「10%（テンパーセント）もかよ！」。テンパるご主人なのです。

さらに、厚生労働省の統計が間違っていて、賃金は本来よりもマイナスだったという「統計不正」が問題になりました。そのため、統計を修正する必要が出てきましたが、奥様はそれに合わせて小遣いも〝下方修正〟することに……。

我が家でも　統計し直し　小遣い減（涙）

政府は、増税対策として軽減税率やポイント還元などを導入しましたが、ご主人も「買い物を手伝った時のお釣りぐらいは見逃して……」と懇願します。

小遣いも　ポイント還元　してくれよ

結局、少しでもダメージを減らすために、増税前にカツラの増毛をすることにしたご主人でした。

小遣い減

娘「メルカリ……」

オレ「前借り……」

最近は、IT技術を使った新たな金融サービス「フィンテック」が注目されていますが、「ツマノミクス」で小遣いが大幅ダウンしたご主人、「藁《わら》」ならぬフィンテックにもすがる思いです。

フィンテック　オレの小遣い　上げてみろ

また、個人間で物を売買できるフリマアプリの「メルカリ」もあります。でも、ご主人が使いこなすのは難しいようで、悔しまぎれに詠んだのが右の句です。
ユーチューブで独自に制作した動画を公開する人物を指す「ユーチューバー」も注目されています。「今日からオレはユーチューバーで稼ぐぞ」とご主人。「面白そう！　私もやってみようかしら」と奥様。「いや、キミの場合はユーチューバーとは呼ばれないよ」「なんて呼ばれるの？」「ユー、バーバー（婆ば）だな」

ユーチューバー　気取りの夫が　「ユー、バーバー？」

「フン！　アナタの場合は、千葉県生まれだから、ユー、チーバーバーね」「……」

女房との距離を測れず
また〝衝突〟
試したい「自動運転」
ダンナにも

このところの自動車技術の進歩は日進月歩。２０２０年代にはその多くが現実になるとも言われています。すでにセンサーを使って衝突を回避する自動ブレーキや、車線からはみ出さずに目的地までの道路を運転支援するシステムなどが徐々に実現しつつあるようです。

「車じゃなくて、カミさんとの衝突を回避するためのブレーキがあったらいいのになぁ……」。いつも夫婦ゲンカが絶えないご主人のお悩みです。

対する奥様は、ブレーキだけでなく、その上を行く技術をご所望です。

自動化を　望む！　亭主の　操縦法

やっぱり、奥様のほうが一枚も二枚も上手のようですが、夫婦間の〝衝突回避〟には、自動運転よりももっと効果的なものがあります。そう、ご夫婦で一緒に笑える「夫婦川柳」です――。

おあと（オート）がよろしいようで。

おまけ2

芭蕉で爆笑!?

名句もじり川柳

「蛤《はまぐり》の　ふたみにわかれ　行く秋ぞ」　芭蕉

↓

わがままな　ダンナに別れ　言う妻ぞ

「やれ打つな　はえが手をすり　足をする」　一茶

↓

もう打つな　バクチ損する　カネをする

「実るほど　頭《こうべ》を垂れる　稲穂かな」　ことわざ

↓

叱るほど　頭を垂れる　亭主かな

第3幕

「スポーツ&有名人」編

～スポーツや勝負の世界では次々に新しい
ヒーロー&ヒロインが生まれます。
そんなスターを川柳に～

カミさんの「もぐもぐタイム」は1日中…

ここからは、スポーツの話題です。平昌《ピョンチャン》オリンピックの「カーリング娘（カー娘）」は、国民的な人気を集めました。新語・流行語大賞となった「そだねー」とともに、競技の休憩中に食事をとる「もぐもぐタイム」も、他の競技にはあまり見られないだけに、大いに話題になりました。

「カーリング娘のもぐもぐタイムは、休憩中だけだけど、うちのカミさんの場合は、１日中だよ」とご主人。朝はもぐもぐしながら「いってらっしゃ～い！」。昼間、電話すると「何か用？（もぐもぐ）」。「アレッ？　お昼ごはんだったのか？」と聞くと、「お昼ごはんは11時前に終わったわ。今はお昼休憩中のもぐもぐタイムなの（もぐもぐ）」。

帰宅時は「お帰り～。私、韓流ドラマ見てるから」とソファに座り、お菓子をもぐもぐ……。ご主人が「食べてばっかりいると、また太るぞ」と注意しても、奥様は「そだね～」と馬耳東風。

「そだね～」と　妻が言う時　聞いてねぇ

「そだね〜」と
言ってる亭主は
バカそ・だ・ね・〜

「カー娘」マネする女房は　かわいくない

奥様の「そだね～」連発に、「じゃあ、オレも使うぞ！」と対抗心ムキ出しのご主人。青森生まれで今までは「んだね～」と訛《なま》っていましたが、流行に乗り遅れまいと、北海道弁の「そだね～」を家の中で連発。
奥様にはあまりウケませんでしたが『「そだね～」』っていうフレーズ、オレに合ってるみたいだなぁ。明日からオフィスでも使ってみるか。女の子たちにもモテそうだし」。

「そだね～」を　使うとオレも　モテそだね～

これを聞いた奥様、あきれ顔で、早くも鼻の下を伸ばしているご主人をチラ見しながら詠んだのが、冒頭の一句。
この句には、世の奥様方から「そだね～」「そだね～」の賛同の声が起きそうです。

ハンパない
怒った女房の
ラスボス感

女子レスリングでは、選手とコーチに対する監督のパワハラ疑惑が話題になりました。パワハラは普通の職場でも多いようですが、ご家庭内ではどうなのでしょうか？

「世の中には、夫のDVや暴言に悩む主婦が多いらしいけど、ウチは関係ないわ」と余裕の奥様。些細《ささい》なことで夫婦ゲンカになり、奥様が「このろくでなし！」と罵《ののし》ると「なんだと！　このブ……いや、なんでもない」。言葉を濁すご主人。「ハァ？『ブ……』って何よ？　ブタ？　ブス？　どっちなの？」『いや『ブラボー！』のブだよ。ブルルッ」

パワハラを　するほど夫に　力なく…

女子レスリング問題では、監督に代わって厳しい口調で会見した母校の学長が「ラスボス感が凄《すご》い」と話題になりました。「ラスボス」とは、ゲームのラストに登場する最強のキャラクターのことですが、先ほどのご主人にとっても、奥様はまさに最強のボスキャラのようです。

我が家では
オレが学長
妻、理事長

同じくスポーツ界で、連日、週刊誌やワイドショーを賑わせたニュースと言えば、日大アメフト部の悪質タックル問題がありました。この問題では「学長」よりも上に、絶対的な権力を握る「理事長」という存在がいることがクローズアップされました。

そんな二重の権力構造は、ご夫婦の間にもあるようです。

「カカア天下の我が家だからな」とご主人。「オレは学長で、キミが理事長かな？」と奥様に言うと、「違うわよ！　アナタは学長なんかじゃないわ！」。「ごめん！　やっぱりオレが理事長か？」「だから違うって！　理事長はもちろん私。学長は同居してる私の母で、理事が娘。事務局長はポチで、アナタは平の事務局員！」。ご主人の地位は、愛犬よりも下だったのです（涙）。

日本ボクシング連盟の山根明前会長の黒い交際疑惑なども眉をひそめる問題でした。その引き際については「やめねぇ会長」と揶揄《やゆ》されたりもしました。

いつやめる？　やめねぇ（山根）会長　検討（拳闘）中

カミさんの〝口撃〟だってハンパないって（泣）

サッカーのロシアW杯には日本中が興奮に包まれました。特に思い出すのは対コロンビア戦で決勝ゴールをあげた大迫勇也選手の活躍ぶりを讃《たた》えた「大迫、ハンパないって」という言葉で、新語・流行語大賞にもノミネートされました。

「大迫は〝攻撃〟だけだけど、ウチの女房の場合はキックに〝口撃〟が加わるもんなぁ」。ご主人、劣勢ながら右の一句で反撃します。

W杯では、代表に経験豊富なベテラン選手が多く選ばれたため、ネット上で「おっさんジャパン」「忖度《そんたく》ジャパン」などと小バカにする言葉も流行語に。でも、試合ではそのベテラン選手たちが大活躍。そこで、ご主人の一句。

我が家では　〝忖度ジャパン〟は　オレのこと

その一方で、奥様は冷静に分析しています。「まるで自分が活躍してると言いたいみたいだけど、世代が全然違うのよね」

「おっさん」と　呼ばれた選手は　息子世代

筋肉ない夫も私を裏切らない

ちょっと脱線して、筋トレのお話。NHKの『みんなで筋肉体操』も人気番組で、「筋肉は裏切らない」というフレーズが流行語になりました。

「筋肉は裏切らないっていうけど、ウチの夫はほとんど筋肉なしのガリガリ体型。それでも、私には従順で、なんでも言うことを聞いてくれるし、浮気はゼロで家庭を大事にしてくれる。裏切らない夫ね」

これを聞いたご主人。内心では「裏切らないんじゃなくて、怖くて裏切れないだけだよ」と思いながら、「ウチの女房の体型だって、ある意味、裏切らないよなぁ」と、こんな一句を。

食っちゃ寝る　女房の体型　裏切らない

新婚当時は、お茶碗のご飯を半分食べただけで「もう、お腹いっぱい！」と言ってた奥様。それが今は「セーブして、3杯でやめておくわ。お休み！」。ご主人、「食べてすぐ寝るとウシになるっていうけど、ブタになっちゃったよ」と、奥様の寝姿を見てため息です。

「OSAKA」と言えば「なおみ」か「万博」か

お次はテニスです。全米オープンで優勝し「今、一番したいことは？」と聞かれて「抹茶アイスクリームが食べたい！」と答えたプロテニスプレイヤーの大坂なおみ選手。彼女の茶目っ気たっぷりなコメントは「なおみ節」と大きな話題に。あの明るさは、カリブ海のハイチ出身だというお父さんの影響かもしれません。「カリブ？　アルプスじゃないの？」。それはハイチじゃなくてハイジ。しかも少女だし……。

大坂なおみさんのグランドスラム優勝＋世界ランク1位も快挙でしたが、もう一つ「ＯＳＡＫＡ」でおめでたいのは、２０２５年大阪での万博開催決定！　です。「何は（浪花）さておき、万博を！」という大阪の市民や関係者の皆さんの熱意の賜物だと思います。日本中から「おめでとう！」と、歓声（関西）が上がっております。おかげで、さらに日本人の寿命も延びそうです。

「五輪まで」長生き目標「万博」に

今のオレ
妻のスーパー
ボランティア

快挙と言えば、見事メジャーリーグ最優秀新人賞に輝いた大谷翔平選手も、投打の大活躍で、あらためて「二刀流」が注目されました。

「大谷選手だけじゃなく、ウチにも二刀流がいるよ」とご主人。「女房だよ。小遣いを減らす一方で、給料の額には超シビア。そんなムチだけだったら、さすがにオレも堪忍袋の緒が切れるよ。でも、いいところで『アナタ、頼りにしてるわよ♥』なんて、甘〜い言葉のアメを食べさせてるんだよなぁ」

ウチの嫁　アメとムチとの「二刀流」

すっかり奥様の掌中にハマってしまったご主人。テレビで「スーパーボランティア」として大活躍している尾畠《おばた》春夫さんの姿を見て、ため息をつきながら詠んだのが右の一句です。

「アナタ〜、何してんの？　ため息をつくひまがあったら、外の洗濯物取り込んでよ。雨が降ってきたから」「ハイ、ハイ……」「ハイは1回でいいの！」。〝小遣いなし〟でも、家事にハイ・ハイ（這い）ずりまわるご主人なのです。

シミとシワ取ってくれたらノーベル賞！

おめでたい話題を続けましょう。

ノーベル医学・生理学賞を受賞したのは京都大学特別教授の本庶佑《ほんじょたすく》さん。「がんに効くオプジーボ？　よくわからないけど、とにかくすごい発明なんでしょうね」と感心しきりの奥様。「でも、私ならこの発明をしてくれた人に賞をあげたいわ」。手鏡でご自分の顔のシワとシミを眺めながら、ついつい本音が出たのが、右の一句です。

一方のご主人は、人が本来持っている免疫力を利用してがんを退治するオプジーボの効果に注目しているようです。

カミさんに　勝てる〝免疫〟　あったらな

さらに、同じノーベル賞でもノーベル文学賞を受賞した日本生まれのイギリス人作家、カズオ・イシグロさんにも興味津々。ひそかな野望を抱いています。

オレの名も　カタカナにすりゃ　ノーベル賞？

ランチでもオレより高いの頼む妻

ご主人が「オレなんかとは雲泥《うんでい》の差だ。すごい少年が現れたなぁ」と感心するのは、将棋の藤井聡太八段です。対戦で、師匠より高いランチを頼んだことが話題になりました。このニュースを見た奥様、「アナタは見た目も、会社での地位も並なんだから、並でいいわよね」「お前は？」「特上」「なんで？」「容姿も、我が家での立場も特上でしょ？」——。容姿については「鏡を見ろ！」と心の中でつぶやくご主人ですが、家庭内での奥様の立場については納得！です。

「特上」「並」は、家族で外食すると、こんな風に変化します。

オレは「梅」　子供は「竹」で　妻は「松」

もう一つ、「時代は変わったなぁ」とご主人がしみじみ思ったニュースは、東京・銀座の泰明《たいめい》小学校が、高級ブランド「アルマーニ」の制服を採用した件でした。小学生が高級ブランドを着る時代なのです。

小学生で　アルマーニなんて　あるまいに

おまけ3

芭蕉で爆笑!?

名句もじり川柳

「朝顔に　つるべとられて　もらい水」　加賀千代女《かがのちよじょ》

↓

朝、顔の　むくみとるのに　化粧水

「鶏頭の　十四五本も　ありぬべし」　正岡子規

↓

後頭部　四、五千本も　あったらな

「女ごころと　秋の空」　ことわざ

↓

まだ読めぬ　女ごころと　妻の腹

第4幕

「テレビ・芸能・お笑い」編

～芸能やお笑いは景気のバロメーター。
老婆（ローバ）が笑えるかどうかが
基準です～

チコちゃんに叱ってほしいボケ亭主

ＮＨＫの番組『チコちゃんに叱られる！』が大人気です。おかっぱ頭の5歳の女の子「チコちゃん」が問題を出し、答えられないと「ボーっと生きてんじゃねーよ！」という罵声が飛んできます。

この「ボーっと……」というフレーズは流行語になり、奥様もご主人に厳しく詰め寄ります。「おしっこは、我慢しないですぐトイレに駆け込むの！　また、パンツを濡らしちゃったじゃないの！　誰が洗濯すると思ってるのよ！　ボーっと生きてんじゃないわよ！　アナタもチコちゃんに叱られればいいのに！」

ご主人、首をすくめつつ返句を……。

オレだって　ボーっと生きたい　わけじゃない

チコちゃんはこちらが間違っていた理由をちゃんと説明してくれますが、奥様の場合は問答無用。〝上から目線〟でなんの反論も許されません。

ほんとうは　チコちゃんよりも　妻が怖い

やせたいと『まんぷく』見ながらつまみ食い

同じくＮＨＫの番組で人気だったのが朝ドラ『まんぷく』です。「日清カップヌードル」の生みの親、安藤百福《ももふく》さんと妻・仁子《まさこ》さんがモデルで、インスタント麺やカップラーメンを作るシーンがたびたび登場しました。

「このドラマを見ていると、どうしてもカップラーメンを食べたくなっちゃうのよねぇ」と奥様。白いご飯の横に、おかず代わりのカップラーメンで、主食がダブルに……。

ご飯と麺　糖質ダブルで　体重２倍！

あっという間にご飯をたいらげた奥様。まだ口寂しいのか、食卓の上のおまんじゅうを頬張りながら、「ヒロインの夫役の長谷川博己《ひろき》がいいのよねぇ」。

『まんぷく』の　あとのおやつは　「別腹」で

ご主人、奥様の口ぐせ「明日から絶対にやせるわ！」を思い出しながら詠んだ一句です。

浮気バレ
ビビった亭主は
「半分、青い。」

朝ドラつながりで、『まんぷく』の前は『半分、青い。』でした。ヒロインを演じた永野芽郁《めい》さんの愛くるしさが人気を集めました。危なっかしくもバイタリティ溢れるヒロインの冒険ドラマですが、いつも奥様の尻に敷かれているご主人、「冒険かぁ。オレも恋のアバンチュール（冒険）に挑戦してみるかな」。

ダメもとで、部下のＯＬを食事に誘うと、「いいですよ」。「まずは食事で、次はホテルに……」と計画していたのに、「なんか、態度が変ね」。奥様にバレて「離婚よ！」と一喝されると、「ごめん！　許して！　そんなことされたら、オレ、死んじゃうよ！」。土下座の平謝りで、顔面蒼白《そうはく》に……。

そんなご主人も、『まんぷく』の後に始まった『なつぞら』のヒロイン、広瀬すずさんの笑顔に癒されて、元気を取り戻しました。

「今日は何時に帰ってくるの？」。奥様から聞かれても「何時？　と聞く、汝の声は、なんじゃらほい」。うわの空のご主人なのです。

『なつぞら』の　すずに見とれて　うわの空

『いだてん』のカラダに女房は目がテンに

一方の奥様は、NHK大河ドラマ『いだてん』で、三島弥彦役を演じる、生田斗真《とうま》さんにゾッコンとなりました。その肉体美に「ステキ！」「たくましい！」「同じ、男という生き物なのに、アナタとは全然違う！」と、目がテンに。

「そこまで言うことないだろう……」。斗真さんを褒めすぎる奥様に戸惑うご主人。

「オレにはユーモアという武器があるところを見せてやる」と一句を。

『いだてん』って　何の天ぷら？　亭主ボケ

「ハァ？　何言ってんの？」。黙っていれば良かったのに、余計なボケで、また奥様からあきれ返られてしまうご主人。元号は代わっても、ご夫婦の立場は全く変化なしという、悲しい結果に終わります。

その前の大河ドラマ『西郷《せご》どん』ではお目当ての俳優が出ていなかったからか、寝ながら見ていた奥様のトドのような姿を思い出して一句。

『西郷どん』を　寝ながら見てる　女房どん！

アラフィフの
妻が隠せぬ
肌のアラ（涙）
アラフィフと
噛まずに言えたら
まだ若い

女優の石田ゆり子さんが「奇跡のアラフィフ（アラウンド・フィフティ）」と話題になりましたが、たしかに50歳前後とは思えない若々しさに、「ウチの女房とは全然違う！」と感じたご主人も多かったのではないでしょうか。

私が「美し過ぎる！」と思うのは吉永小百合さんです。石田さんより20歳以上も年上の70代なのにあの若さ！　高校時代の私は、吉永さんの出演映画を見て胸をときめかし、「いつか会いたい！」と夢見ていました。それが2008年公開の吉永さんの主演映画『まぼろしの邪馬台国』で共演できたのです！

皆様、夢は持ち続ければいつか叶います。吉永さんのファンを「サユリスト」といいますが、私の「会いたい！」というリクエストは実現しました。

ちなみに、私が日本を代表する名優だと思うのは、嵐寛寿郎《あらしかんじゅうろう》さんです。エッ？　名前しか聞いたことがない？　たしかに、リアルで映画の「アラカン」を見ていたのは、アラ還（アラウンド還暦）世代以上のようです。

アラカンを　リアルに知ってる　アラ還世代

『U・S・A』踊るおっさんダサいだけ

〝平成最後〟に盛り上がったダンスミュージックと言えば、ISSAさんがリーダーのDA PUMPのヒット曲『U.S.A.』。歌詞や彼らが踊るダンスから「ダサかっこいい」という言葉も流行語の仲間入りをしました。

「ISSAさんの曲が人気なんだって？　じゃあ、オレも踊ってみるかな！」とご主人。見よう見まねで踊ってみましたが、それを見ていた高校生の娘さんからはブーイングが……。

「『U.S.A.』は『ダサかっこいい』んだよ。パパの踊りは『かっこいい』が全然なくて、ただ、『ダサい』だけなの！」

娘さんからバカにされても食い下がるご主人。「『ISSA』は『いっさ』って読むのか。名前がアルファベットってことは、アメリカ人か？」……。これまでご主人が『いっさ』で連想するのは、俳句の「小林一茶」ぐらいでした。

「ISSA（イッサ）」って　俳句よむ人？　アメリカ人？

「米朝」は政治じゃなくて落語だよ

ところで、世界の「U.S.A.」と言えば、アメリカのトランプ大統領（当時）。アメリカと北朝鮮の首脳会談も大きな話題になりました。

テレビから流れてくる「米朝の……」という声に「オッ！　桂米朝の独演会か！　十八番《おはこ》の『はてなの茶碗』でもやるのかな？」と思ったご主人。ところがテレビ画面にはトランプ大統領の姿が……。「米朝だから、静聴に聞こうと思ったのに……ふつう、米朝って言ったら落語だろ」。ガックリです。

それでも、2回目の首脳会談が失敗に終わったニュースを見ていたご主人、ガックリきているトランプ大統領の表情の変化に気がついて一句。

トランプに　ポーカーフェイスは　つくれない

「トランプ（大統領）にトランプのゲームをかけるなんて、気が利いてるだろ？」得意顔のご主人。でも、家族でトランプをやると、必ず負けます。

トランプで　なぜかオレだけ　ババを引く

「キンプリは刺し身のことか？」と父が聞く

『U.S.A.』を踊って高校生の娘さんからダメ出しされたお父さん。それでもメゲません。

ある日、娘が「キンプリ大好き♡」というのを聞き、話を合わせようとして、「キンブリって近海でとれるブリのことか？　あ、それとも、寒ブリの仲間？」

娘さん、あきれ顔で「何言ってんの？　ジャニーズのイケメングループのKing&Prince、略してキンプリよ！」。父と娘の溝は深まるばかり。

ジャニーズと言えば、大人気グループ「嵐」が活動休止を発表した記者会見も、日本中がクギづけになりました。「自由な生活がしてみたい」というリーダーの大野智さんの意思を尊重したと報じられましたが、奥様も娘さんもいつか嵐が活動再開する日を心待ちにしているようです。

「Oh, No!（大野）」と　嵐の再開　待つ準（松潤）備

サプライ（櫻井）ズ　あれば（相葉）いいのに（二宮）　嵐のライブ

「ヤングマン」
だったダンナは
もう「カンレキ」

「若い頃はスリムだったのに……」と昔の奥様を懐かしがるご主人。奥様だって同じ気持ちです。「若い頃は『ヤングマン』を歌っていた西城秀樹さんみたいにかっこ良かったのに……」。

昔の「徳川御三家」、紀州・尾張・水戸の三家にちなみ、歌謡界でも、若手の人気スター、橋幸夫さん、舟木一夫さん、西郷輝彦さんが「御三家」と呼ばれ、その後にデビューした３人の人気歌手、西城秀樹さん、郷ひろみさん、野口五郎さんが「新御三家」と呼ばれました。

残念なのは、その新御三家の一人、西城秀樹さんが亡くなったことです。３人の中では一番セクシーで、世の女性ファンのハートをときめかせたものです。「秀樹、感激！」という、カレーのＣＭは今でも思い出します。「私も思い出すわよ」と奥様。「でも、アナタを見ていると、『秀樹』が『悲劇』に、『感激！』が『還暦！』に聞こえるのよね！」。ご主人、心の中で反撃します。

御三家のファンもサンケツ（酸欠）ご用心

息子より若い韓流にハマる妻

奥様は最近、第3次韓流ブームで人気の「BTS（防弾《バンタン》少年団）」に夢中になっているとか。アルバムが出ればすぐにダウンロード。来日コンサートやファンミーティングには何度も通い、いつかは韓流好きのママ友同士で、韓国まで〝聖地巡礼〟ツアーにも行ってみたいそうです。

バンタンの　追っかけ準備は　万端よ♥

ご主人も反撃します。「韓流アイドルってウチの息子より若くて孫みたいじゃないか。女房なんか『ヨボセヨ（もしもし）』というより『ヨボヨボ』だろ」

一方、国内では、NHK紅白歌合戦にも出場した話題のスーパー銭湯アイドル「純烈《じゅんれつ》」にハマっているという奥様も……。

「純烈」の　追っかけ妻は　「純」じゃない

「銭湯アイドルなんでしょ？　じゃあそのうち、一緒にお風呂に入れたりするんじゃないの？」。奥様！　それは絶対にありません！

銀シャリに
和牛、霜降り、
とろサーモン？
コンビ名
おいしそうねと
妻が言う

続いては芸能ネタから。2018年のM－1グランプリでは、大阪出身のお笑いコンビ「霜降り明星」が優勝。同じくM－1で、3年連続準優勝だったのは「和牛」です。さらにその前の優勝コンビは「銀シャリ」「とろサーモン」……。奥様、「私の大好物をコンビ名につけた芸人がみんな大ブレークしてるみたい。だったら、次に優勝するコンビの名前は、『トンカツ』か『半チャンラーメン』じゃない？」

そんな奥様の独り言を聞いていたご主人。「なんでお前の好物にちなんで名前をつけなきゃいけないんだよ。そもそも、食べ物の名前がついたお笑いコンビはまだたくさんいるじゃないか」と、川柳をひねり出します。

ブラマヨも　くりぃむしちゅーも　チョコプラも
バナナマン　サンドウィッチマン　笑い飯

「そう言えば『きみまろ』ってのも、マシュマロみたいに甘くておいしそうよね？」。

ブルルッ……奥様、全然違います！

こっそりと
帰ったアナタは
ひょっこりはん？

物かげからひょっこり顔を出す一発芸でブレークした「ひょっこりはん」。そのオドオドした様子は、いつかのご主人の姿と重なります。

家事の分担の話で夫婦ゲンカになったお二人。「ホラッ！　言いたいことがあるんだったらちゃんと答えなさいよ！」「いいよ、わかったよ。今度から皿洗いは全部オレがやるよ……」「何よ、それ。『オレがやってやる』みたいな言い方、おかしいでしょ！」「ハイ喜んで！　やらせていただきます……」。奥様の勢いにタジタジのご主人。

お酒を飲んで帰ってきても、奥様を起こさないようにこっそり帰宅。その姿を見た奥様が詠んだのが右の一句。

でもご主人、心の中ではひそかに奥様のことを「我が家のひょっこりはん」と呼んでいるそうです。

ひょっこりはん　ウチの女房に　よく似てる

「ドンファン」という夫はただ「ドンカン（鈍感）」

まだまだ記憶に新しい「紀州のドンファン」怪死事件。亡くなった77歳の資産家には55歳も年下の奥様がいて、そのほかにも複数の愛人がいたことなどが報じられました。

「オレなんか、今の女房だけで手いっぱいだよ」と、資産家を羨ましがるご主人。「ドンファン」とは17世紀のスペインにおける伝説上の放蕩児《ほうとうじ》で、プレイボーイの代名詞としても使われますが、「オレだって、お金がたくさんあったら、ドンファンになってたよ」というご主人も。

これを聞いた奥様から「それは勘違い！　アナタはドンファンじゃなくて、ただの鈍感なおっさん！」という冷たい言葉が……。「ドンファンと呼ばれる要素？　アッ、あるじゃないの！　アナタも、紀州のドンファンと同じく、和歌山出身でしょ！」

一刀両断する奥様でした。

ドンファンと　おんなじなのは　故郷だけ

ご近所でいつも飲んでる「おっさんず」

奥様から「ただの鈍感なおっさん！」と言われたご主人ですが、「おっさん」と言えば、ドラマ『おっさんずラブ』（テレビ朝日系）も話題になりました。会社帰りに近所の居酒屋で「ちょっと一杯」のご主人。飲むのは近所の顔みしりのおじさんばかりで、「気を使うこともなく、リラックスして飲めるもんなぁ」。男同士で飲んでいても、ドラマの『おっさんずラノ』のような危険な関係になる可能性はゼロで、奥様も安心です。

「ゆっくり飲んでから帰ってきていいわよ」と奥様も公認。「字は違うけど、私は早々と、お床（男）入りしてるわね。おやすみ〜」。一方、居酒屋のおっさんずはというと、これも人気だったドラマ『チア☆ダン』（ＴＢＳ系）の話題に。

「『チア☆ダン』って　どんなお菓子だ？」　亭主ボケ

しかし、ドラマの内容がわからず、「チヤホヤされるダンナの話でチアダンか？」「いや、お菓子の名前だろ」。トボケた会話が続くのです。

お父さん
ダジャレ連発
〝ドン引き家族〟

映画でヒットしたのは「カンヌ国際映画祭」でパルムドール（最高賞）を受賞した『万引き家族』（是枝裕和監督）です。東京の下町に暮らす日雇い労働者の夫と、クリーニング工場で働く妻、その息子と妻の妹、そして夫の母という家族のお話です。

内容についてては「映画を見てのお楽しみ」ということですが、「我が家は映画になるようなストーリー性はゼロの家族ね」と奥様。「だって、ダンナはダジャレしか言わないグータラ亭主だもん」

「ダジャレしか言わないって、誰じゃ？」とご主人。「さっそく、ダジャレかい！」と奥様。「まぁまぁ、怒らずに。のどが渇いたよ。温かいお茶、あったかい？」「お茶を１杯、ちゃの（頼）みます」「お茶を飲むオレって、お茶目！」。ダジャレの３連発に、奥様も子供もうんざり顔。

そんなダジャレ好きグータラ亭主も、最後は家族から見捨てられます。

「メシ、まだか？」　家族ドン引き　オレ孤独

「終わった」と思っているのは女房だけ

映画では、定年後のサラリーマンを描いた舘ひろしさん主演の『終わった人』もヒットしました。でも、ご主人のほうは、まだまだ〝現役〟を続ける自信があるようです。

それに対して、「強がり言わないでよ!」と奥様。「終わってないなら、私の前で行動を示しなさいよ。ホラッ、早く!」。ご主人、心の中で呟きます。

悪いけど　女房の前では　終わってる

奥様の〝口撃〟は続きます。「夫婦で大事なのはスキンシップなのよ」「今さら、女房相手になぁ……」「聞こえたわよ!　何よ!　私が相手じゃ不満?」。今度は奥様に聞こえないように「不満!」と心の中で叫ぶご主人なのです。

でもご主人、奥様が家にいないと何もできないようで、お出かけのたびに「何時に帰るんだ?」と聞いてきます……。

定年後　妻の帰りを　オレが聞く

人生は
80年の
ひまつぶし
100年も
ひまつぶせるかな
我が夫婦

私はいつも「人生は、80年のひまつぶし」と申しております。ライブでも言いますし、私が初プロデュースした旅バラエティ番組の名前も、『綾小路きみまろの人生ひまつぶし』（テレビ大阪）でした（ＤＶＤも発売中！）。

「きみまろさん、いつもそんなにひまなの？」……いえいえ、奥様、私のことではございません。人生、時間に追いかけられて、せかせかと生きるんじゃなくて、できるだけ気負わずに、もっと気楽に楽しみましょう、というメッセージを込めて、「80年のひまつぶし」と呼んでいるんです。

でも、これからは「人生１００年時代」です。「ひまつぶし」の時間がもっと延びてしまうのです。

「もうこれ以上、カミさんのおしゃべりに付き合わされるのはごめんだよ」

「ひまそうな亭主の仏頂面を見てたら、こっちが病気になりそうだわ」

みなさん、大丈夫です。そんな時こそ、夫婦川柳をお楽しみください。

これからも、どうぞよろしくお願い申し上げます。

おまけ4

芭蕉で爆笑!?
名句もじり川柳

「我と来て　遊べや親の　ない雀」　一茶

⬇

小遣い減で　遊べぬ、カネの　ない夫

「孝行の　したい時分に　親はなし」　ことわざ

⬇

嫁孝行　したい自分に　嫁はなし

「おもしろうて　やがて悲しき　鵜舟かな」　芭蕉

⬇

おもしろうて　やがて悲しき　夫婦かな

第5幕

おまけ

きみまろ「夫婦川柳」全作品リスト

～1巻から3巻まで掲載された
夫婦川柳をすべて網羅しました。
便利な索引になってます～

きみまろ「夫婦川柳」傑作選　全作品リスト（既刊掲載分）

【巻数】ページ数（丸カッコ内は文庫判の巻数・ページ数）

あ

厚化粧　汗で流れて　土砂災害　❶21（❶23）

厚化粧　首から上は　別の人　❶159（❶161）

厚化粧　してる奥様　それハロウィン？　❷178（❷180）

厚化粧　なんで綺麗に　ならないの？　❸41（❸57）

あったっけ？　夜の亭主の　「お・も・て・な・し」　❶90（❶92）

アナタ以外　いるの、男は　35億！　（❷200）

あの腹じゃ　月に2回は　肉フェスに　❷90（❶52❷92）

安倍さんが　「Sorry（総理）」と言うまで　追い詰める　❸81（❸97）

「アポ電」を　かける男の　下心　❸57（❸73）

「アモーレ」と　言ってた亭主が　「ああ漏れた…」　（❶203）

アラカンを　リアルに知ってる　アラ還世代　❸133（❸149）

アラフィフと　噛まずに言えたら　まだ若い　❸132（❸148）

アラフィフの　妻が隠せぬ　肌のアラ（涙）　❸132（❸148）

「ありのままで」　スッピン妻に　「君は誰？」　❷70（❷32）

ありゃトドや～　ベッドに横たう　ママの腹　❷148（❷150）

あれ？ ここは　ジィジ、バァバの　養殖場？　❶180（❶182）

安心してください　赤いパンツも　穿いてます！　❷57（❷19）

イッセンを　交えたけれど　越えてない…　（❷199）

いつまでも　あると思うな　人気と毛　❸46（❸62）

いつやめる？　やめねぇ（山根）会長　検討（拳闘）中　❸109（❸125）

「いつやるの？」　迫るダンナが　うっとうしい　❶94（❶96）

命かけ　愛したダンナに　保険かけ　❷19（❷65）

「今でしょ！」と　言っても起きない　わが亭主　❶101（❶103）

今のオレ　妻のスーパー　ボランティア　❸116（❸132）

今はもう　一緒に寝たく　ないダンナ　❷127（❷129）

嫌がらせ？　弁当づくりも　オレがやる　❷139（❷141）

インスタに　映える女房の　厚化粧！　（❷204）

「インスタばえ？　どんな蠅だ？」と　亭主ボケ　❸93（❸109）

う

ウェブ会議　上、ネクタイで　下、パンツ　（❸13）

ウザ夫　「キミならできる！」　もうヤなの！　❷37（❷83）

嘘をつく　ダンナはいつも　カミ（まく）ってる　（❶195）

ウチだけの　『妻のトリセツ』　書いてほしい　❸61（❸77）

ウチなんか　セレブというより　どうせデブ　❸75（❸91）

え

お

「ＯＳＡＫＡ」と　言えば「なおみ」か「万博」か　❸114（❸130）

大阪の　地下鉄乗れば　ムキムキに？　❸61（❸77）

大掃除　ダンナの臭いを　全部消す　❷186（❷188）

オーデコロン　いくらつけても　加齢臭！　❸9（❸25）

「Ｏｈ，Ｎｏ！（大野）」と　嵐の再開　待つ準（松潤）備　❸139（❸155）

奥様が　お綺麗すぎて　目をつぶる　❸40（❸56）

奥様が　海外行くの？　島流し？　❷160（❷162）

奥様が　握っているのは　財布だけ　❷121（❷123）

奥様に　勝てない相手は　もういない　❷14（❷60）

奥様に　ついてくるのは　銀バエだけ　❶37（❶39）

奥様に　笑われちゃったわ　その顔で　❶168（❶170）

奥様の　「おせち」料理は　「せち」がらく　❷151（❷153）

奥様の　化粧も流行りの　パンダメイク？　❷82（❷44）

奥様の　シミはブローチ　シワ、デザイン　❸26（❸42）

奥様の　話題は墓と　病気だけ　❷53（❷15）

奥様は　認知症より　ミンチ党　❷51（❷13）

奥様も　あふれてるわよ　肉汁が　❷49（❷11）

おっさんの　下ネタうんざり　「#MeToo」よ　❸83（❸99）

夫から〜　空前絶後の〜　加齢臭！　（❷201）

おっと（夫）っと！　会社じゃ年中　崖っぷち　❷45（❷91）

夫には　海苔だけ具なしの　おにぎらず　❷141（❷143）

夫の手　握る奥様　脈、測る　❸29（❸45）

夫より　頼りにしてる　家事代行　❸73（❸89）

おっぱいも　今じゃブラブラ　失敗に　❶23（❶25）

おっぱいを　触るイケメン　ただの医者　❶46（❶48）

お父さん　帰りが早いと　嫌がられ　❸71（❸87）

お父さん　食事、洗濯　部屋も別　（❸11）

お父さん　ダジャレ連発　〝ドン引き家族〟　❸152（❸168）

お父さん　何中だったの　イモ焼酎？　❸39（❸55）

「おにぎらず」？　嫁のはただの　手抜きじゃね？　❷140（❷142）

鬼女房　「家事ハラ」「セクハラ」「三段腹」　❷30（❷76）

「鬼は外」「嫁は内」なら　「鬼嫁」は？　❷152（❷154）

鬼役の　夫に投げる　硬い豆　❷153（❷155）

鬼嫁の　必殺技は　「10倍返し」！　❶87（❶89）

か

「終わった」と 思っているのは 女房だけ ❸154（❸170）

「カー娘」 マネする女房は かわいくない ❸105（❸121）

「改革」を すればするほど 妻、不機嫌 ❸68（❸84）

改元で 名字も新たに 再出発 ❸55（❸71）

会話なく 笑わぬ嫁さん ロボットかっ！ （❶205）

会話減り かわす言葉は 土下座だけ ❷51（❷13）

「かがやき」に 乗っても亭主 くすんでる ❷162（❷164）

崖っぷち ダンナはいつも 崖っぷち ❷44（❷90）

かけてから 家族になろうよ 保険金 ❷18（❷64）

カジノより 「家事の天才！」 ホメ殺し ❸77（❸93）

カジノより ヤバい〝スイーツ依存症〟 ❸76（❸92）

「家事ハラ」で 夫婦の仲も バ〜ラバラ ❷30（❷76）

仮装なら ダンナも毎朝 かぶってる ❷179（❷181）

カネ食えば ゴーンと鳴るなり 日産自（動車） ❸74（❸90）

「かぶり婚」？ ウチの場合は 「すぐ離婚！」 ❷73（❷35）

「かぶり婚」？ 奥様だって 猫かぶり ❷72（❷34）

き

金魚すくい　座ったとたん　ぎっくり腰　❸38（❸54）

銀シャリに　和牛、霜降り、とろサーモン？　❸144（❸160）

筋肉ない　夫も私を　裏切らない　❸112（❸128）

「キンプリは　刺し身のことか？」と　父が聞く　❸138（❸154）

く

食えば太る　わかっちゃいるけど　やめられない！　❷103（❷105）

クスリ漬け　笑えぬオレは　バイアグラ　❶102（❶104）

愚痴こぼし　今、こぼすのは　ご飯だけ　❶48（❶50）

口で勝ち　手で勝つ妻は　「二刀流」　❷24（❷70）

口紅が　まるでカレーの　福神漬け　❶178（❶180）

口紅が　まるで田んぼの　彼岸花　❶179（❶181）

口紅が　まるで焼きソバの　紅ショウガ　❶179（❶181）

口紅で　唇だけが　若返り　❶179（❶181）

食っちゃ寝る　ダンナの腹は　モッチモチ　❷151（❷153）

食っちゃ寝る　妻の「昼顔」　むくんでる　❷88（❷50）

食っちゃ寝る　女房の体型　裏切らない　❸113（❸129）

首まわり　肉のたるみは　ネックレス　❸26（❸42）

け

こ

ケンカ後の　妻の「爆買い」　恐るべし　❷120（❷122）

元号が　代わって我が家も　代替わり？　❸54（❸70）

検尿で　なみなみとっちゃう　中高年　❸23（❸39）

「恋」できず　「鯉」でまぎらす　カープ女子　（❶195）

恋に落ちた　女房が今じゃ　溝に落ち　❸12（❸28）

恋にもつれた　亭主が今じゃ　舌もつれ　❸13（❸29）

後頭部　四、五千本も　あったらな　（❸138）

「好物は　マッスルチャイルド」？　それ「筋子」！　❸61（❸77）

剛腕の　ゴーンのご恩は　忘れません　❸75（❸91）

ご近所で　いつも飲んでる　「おっさんず」　❸150（❸166）

御三家の　ファンもサンケツ（酸欠）　ご用心　❸141（❸157）

個室無理　あなたの書斎は　居間（今）でしょ！　❷27（❷73）

59歳　お酒もゴクゴク　飲めません　❷65（❷27）

53歳　家事せぬ夫は　ゴミ扱い　❶73（❶75）

ご主人に　「不時着」してから　40年！　（❸17）

ゴジラより　リアルに怖い　フル（古）女房　（❶201）

怖いのは 妻のヤケ食い 倍返し！ ❶58（❶60）

「婚活」で 下半身だけ 「ミスマッチ」 ❶112（❶114）

コンビニで 惣菜そろえて 「母の味」 ❸65（❸81）

コンビニは 妻の行きつけ 食料庫 ❸65（❸81）

コンビ名 おいしそうねと 妻が言う ❸144（❸160）

さ

さぁ定年 贈る言葉は 「判押して！」 ❷45（❷91）

下がるだけ 目尻も尻も おっぱいも ❸36（❸52）

里帰り いつもドタキャン する女房 ❷173（❷175）

「サバになれ」？ アンタの前では マグロなの！ ❷36（❷82）

淋しくない！ いつかアナタも 「ぼっち」墓地 ❷125（❷127）

サプライ（櫻井）ズ あれば（相葉）いいのに（二宮） 嵐のライブ ❸139（❸155）

3巻で めざせ笑いの 三冠王 ❸188（❸222）

残業代 減ってますます 家遠し ❸69（❸85）

三段腹 折ってたたんで 押し込めて ❶9（❶11）

3年目 「ツマノミクス」で カッツカツ ❷142（❷144）

「3年目の 浮気」もできぬ 月2万 ❶135（❶137）

し

シミとシワ　呼吸で消すの　全集中！ （❸15）
シミとシワ　取ってくれたら　ノーベル賞！ ❸118（❸134）
締めつけた　下着でこぼれる　尻の肉 ❶33（❶35）
終業の　鐘が鳴るなり　〝放浪〟し ❷148（❷190）
18金　プラチナ　純金　それは数珠？ ❸44（❸60）
10連休　ダンナは留守番　ポチの番 ❸58（❸74）
10連休　亭主の顔も　3度まで ❸59（❸75）
「守銭奴」は　小遣い決める　妻のこと ❷129（❷131）
「出世払い」　できないままで　定年に… ❶149（❶151）
「純烈」の　追っかけ妻は　「純」じゃない ❸143（❸159）
小学生で　アルマーニなんて　あるまいに ❸121（❸137）
消臭剤　夫にゃ効かない　なんでだろ～ ❷105（❷107）
上半身　脱がないわが家の　エコ・セックス ❶111（❶113）
消費税　こづかい直撃　チョーひでえ！ ❶121（❶123）
消費税　10（テン）パーセントで　目がテンに ❷119（❷121）
賞味期限　とっくに切れてる　女房かな ❶41（❶43）
小旅行　2日行ったら　3日寝る ❷165（❷167）

「昭和歌謡？　オレに任せろ」ウザ夫　（❸21）
食品の「偽装」怒れぬ　妻の顔　❶42（❶44）
「女子会」に　出かける妻に「キミ『女子』かい？」　❶175（❶177）
処女じゃない　女房も歩いた　バージンロード　❶30（❶32）
白髪染め　うまくできない　五十肩　❸87（❸103）
「白髪まで」誓った夫婦も　40年！　❷86（❷48）
知らぬ間に　カミさん「Ｇｏ Ｔｏ」どこ行った？　（❸12）
尻なんか　デカくていいの　座布団いらず　❶185（❶187）
シワ深く　流す涙は　すぐ真横　❶20（❶22）
新元号「令和」に決定「アレ、いいわ！」　❸52（❸68）
寝室じゃ　いつも女房に「排除」され　❸88（❸104）
人事より　怖い女房の　査定かな　❶129（❶131）
進次郎　追っかけ妻は　今日も留守　❸91（❸107）
「進次郎～♥」妻のハートは「恋」済みに　❸91（❸107）
進次郎より　オレの言うこと　信じろ～（涙）　❸90（❸106）
人生は　80年の　ひまつぶし　❸156（❸172）
人生を　登りきらずに　下り坂　❷189（❷191）

す

スイカ割り　迷ったふりして　妻、叩く　❷170（❷172）

水天宮　いつも車が　すいてんぐう　❶81（❶83）

スーパーで　つまみ買うなら　21時（くじ）過ぎね　❶133（❶135）

好きな言葉　「タダ」と「いただく」「もらう」「ゴチ！」　❶144（❶146）

巣ごもりで　やる気モリモリ　「あつ森」を　（❸15）

ずっといる…　今日もダンナが　ずっといる…　（❸12）

スッピンと　スッポンポンの　妻が怖い　❶22（❶24）

スッピンの　女房の顔こそ　「不適切」？　❸62（❸78）

ストーカー？　お前だったら　大丈夫！　❶36（❶38）

すれ違い　夫婦の会話は　LINEだけ　（❶204）

ズレている？　そこの毛どこの毛？　おぉ曲がっとる　（❶118）

座る場所　昔ベンツで　今ベンチ　❶137（❶139）

せ

税アップ　ウチの家計も　アップアップ　❶121（❶123）

贅沢も　していないのに　肉が付き　❶35（❶37）

贅肉を　寄せて集めて　Cカップ　❶19（❶21）

セクシーと　言われた奥様　ヘルシーに　❸17（❸33）

そ

た

〝卒論〟を　出すのはあたし　み・れ・ん・な・し　（❶197）
その顔じゃ　不倫は無理ね　ああ不憫　（❶196）
その顔で　生きてきたんだ　これからも　❸49（❸65）
「ソンタク（忖度）は　銅像だろ?」って　それ、ソントク！（❷197）
「ダーリン」と　呼んでたダンナが　「ダラリン」に　❶19（❶21）
第三者に　頼まなくても　浮気バレ…　（❶199）
体重計　そーっと乗っても　デブはデブ　❸8（❸24）
体重計　乗らぬカミさん　「肉食系」　❶105（❶107）
大丈夫?　お宅のダンナは　「偽装」ない?　❶160（❶162）
「ダイソン」で　吸引したい　ダンナごと　❷101（❷103）
耐えられない　いびき　歯ぎしり　加齢臭！　❷127（❷129）
抱き枕　抱いてる亭主　ちとキモい　❷189（❷191）
「ただいま」と　嫁のかわりに　犬に言う　❷16（❷62）
立ち飲みで　「安い、安い」と　二日酔い　❶132（❶134）
立ったまま　おしっこするのは　〝ダンナテロ〟　❸63（❸79）
「だっちゅーの」?　お前の谷間は　ただの肉　❷107（❷109）

ち

ダンナより 女房のほうが 〝軍師〟向き ❷34（❷80）
担任と 思った相手は 同級生 ❸34（❸50）
『「チア☆ダン」って どんなお菓子だ?』 亭主ボケ ❸151（❸167）
近づくと なぜか女房は 離れてく（❸19）
チコちゃんに 叱ってほしい ボケ亭主 ❸124（❸140）
「父の日」は 特売肉で 倍返し♥ ❶130（❶132）
チビ・デブ・ハゲ 今じゃ夫も 三冠王 ❷61（❷23）
中高年 大きいものは ぜんぶ好き ❷78（❷40）
中高年 鼻で確かめる 賞味期限 ❶40（❶42）
「ちょい足し」が うまい奥様 体重も ❷23（❷69）
貯金ゼロ アッと驚く ダメ亭主 ❷102（❷104）
ちょっと待って♪ 「定年で離婚」って 何ですのん? ❷114（❷116）
ちょっと待て! それは去年も もらってる ❷182（❷184）
賃上げで 喜ぶ亭主も ワンコイン ❷123（❷125）
賃下げや カネなき夫の 目は涙（❶118）

つ

て

つまみ食い「旨い、旨い」と　全部食い　❷126（❷128）
妻旅行　アタックチャーンス！　妄想す　❷110（❷112）
ヅラないと　ダンナは別人「君の名は…」（❶200）
ツルツルの　夫はシャンプー　泡立たず　❷86（❷48）
「連れ合い」も　10年経つと「つれない」に　❶28（❶30）
「TPP」高い（T）パンでは（P）家計がパー（P）　❶138（❶140）
TPP？　食べて（T）プクプク（PP）太る嫁？　❷43（❷89）
TPP？　亭主（T）にプリプリ（PP）怒る妻？　❷42（❷88）
TPP？　亭主（T）ポイポイ（PP）していいの？　❷43（❷89）
亭主とは　下半身でも「ミスマッチ」　❶113（❶115）
亭主には「脂肪と糖」を「ちょい足し」す　❷23（❷69）
亭主にも　刺激与えて　若返れ！　❶11（❶13）
亭主　下手〝ナイトゲーム〟は　初戦負け　❶92（❶94）
亭主より　デカい女房の　高イビキ　❶57（❶59）
亭主留守　なのに臭うの　なんでだろ～　❷104（❷106）
TikTokで　踊るおじさん　キモいだけ（❸17）

と

特売日　妻の鼻息　荒すぎて（ブヒッ）　❶131（❶133）

年越しを　重ねた夫婦も　40年！　❷187（❷189）

年忘れ　忘れたことも　覚えてない　❷185（❷187）

「とと姉ちゃん」寝て観る妻は「トド母ちゃん」　（❶202）

飛び出すな　精子は急に　止まれない　❶108（❶110）

トランプで　なぜかオレだけ　ババを引く　❸137（❸153）

トランプに　ポーカーフェイスは　つくれない　❸137（❸153）

『（妻の）トリセツ』を　知らないダンナは　ツマはじき　❸60（❸76）

「ドローン」が　あったら亭主を　監視する　❷135（❷137）

「ドローン好き♥」お前が好きなの　アランだろ！　❷134（❷136）

「ドンファン」と　いうより夫は　ただ「ドンカン（鈍感）」　❸148（❸164）

ドンファンと　おんなじなのは　故郷だけ　❸149（❸165）

な

なぁお前　今夜ぐらいは　「いいじゃないの〜」　❷112（❷114）

泣かぬなら　泣かせてみせよう　ヤサ夫　❷188（❷150）

『なつぞら』の　すずに見とれて　うわの空　❸129（❸145）

「ナッツ姫」「かぐや姫」より　怖い妻　❷38（❷84）

に

ね

女房の　シワが深まる　師走かな　❷187（❷189）
女房の　ホクロはまるで　黒真珠　❸27（❸43）

ねぇアナタ　「ダメよ〜ダメダメ」　早すぎる！　❷113（❷115）
ねぇ奥様　いろいろ言うけど　気にしてね!?　❸49（❸65）
ねぇ奥様　幸せになろう！　別々に…　❸48（❸64）
ねぇ奥様　その服「ボディコン」？　ピッチピチ！　❷100（❷102）
ねぇ奥様　「ダメよ〜ダメダメ」　スッピンは　❷71（❷33）
ねぇ奥様　〝亭主に逆襲〟　何部作？　❷13（❷59）
ねぇ奥様　人見て笑うの　軽犯罪　❶170（❶172）
ねぇ奥様　フェイスブックは　顔じゃない！　❷131（❷133）
ねぇ奥様　メガネでか過ぎ　オニヤンマ　❷79（❷41）
ねぇルンバ！　グータラ夫も　吸い取って　❷132（❷134）
寝返りを　うたせてダンナを　う・ら・が・え・し　❶91（❶93）
ネコかぶり　嫁に来た妻　ブタネコに　❶62（❶64）
ネコに小判　中高年に　スマホかな　❷130（❷132）
寝てる妻　忍んでみたら　「お呼びでない？」　❷103（❷105）

寝てる間に　こっそりかけたい　ファブリーズ　❶67（❶69）
寝床別　風呂も別々　墓も別　❶61（❶63）
「年中夫」と　書いて読ませる　「あつくるしい」　❶79（❶81）

の

ノー残業　早く帰ると　妻いない　❸68（❸84）
残り物で　太った嫁には　服がない　❷148（❷150）
のどぐろに　目がない女房は　〝腹黒〟に　❷163（❷165）

は

バァちゃんが　つけてるブラジャー　Bカップ　❶183（❶185）
バイアグラ　飲んでも起きない　わが〝愚息〟　❶100（❶102）
倍かけて　「早く逝って」と　願かける　❶68（❶70）
穿いてても　脱いでるように　見える妻　❷56（❷18）
穿いてない　ようで穿いてる　パンツかな　❷57（❷19）
パイレーツ　マネした妻の　〝パイ劣化〟　❷74（❷36）
歯がないの？　歯を入れ替えたの？　どっちなの？　❸43（❸59）
墓参り「いずれアナタも…」口押さえ　❷172（❷174）
ハゲだって　ムダ毛ないだけ　いいじゃない！　❶44（❶46）

「ハゲてん」の？　それは銀座の　天ぷら屋！　❶172（❶174）

ハゲなのに　寝グセがあるの　なんでだろ～　❷105（❷107）

パソコンを　使えぬ桜田　門外（漢）のヘン　❸79（❸95）

働かぬ　亭主入れたい「追い出し部屋」　❶74（❶76）

89歳　ついに入れ歯も　役立たず　❷65（❷27）

84歳　箸にも棒にも　かからない　❷65（❷27）

初詣で　神（髪）に祈るは「発毛」で　❶161（❶163）

バナナマン　サンドウィッチマン　笑い飯　❸145（❸161）

鼻なんか　低くていいの　息できりゃ　❶184（❶186）

鼻の穴　大きいほうが　管、入る　❸30（❸46）

花見酒　妻子は出かけ　ひとり酒　❷158（❷160）

花よりも　となりの女子を　チラ見して　❷159（❷161）

羽目はずし　今、はずすのは　入れ歯だけ　❶48（❶50）

「早いわね～」　女房の言葉にゃ　トゲがある　❸69（❸85）

早すぎて「今じゃないでしょ！」　怒る妻　❶97（❶99）

腹が立つ　夫のルーティン　長トイレ　❷69（❷31）

バラバラの　夫婦の会話は　トゲだらけ　❶63（❶65）

ひ

ふ

ファスナーが　食い込む女房の　三段腹　❶9（❶11）
ファッションが　自然に還る　中高年！　❶177（❶179）
ファンデーション　落ち着く先は　シワの中　❶20（❶22）
ファンデーション　どんだけ塗っても　シミはシミ　❸9（❸25）
フィンテック　オレの小遣い　上げてみろ　❸97（❸113）
夫婦して　行くのは墓地か　仏壇屋　❶16（❶18）
夫婦仲　冷えきってても　暑い夏　❶78（❶80）
フェイスブック？　化粧してても　いいかしら？　❷131（❷133）
フェイスブック？　ダンナの顔だと　はみ出ない？　❷131（❷133）
増えるシワ　目じりは多く　なりにけり　（❶158）
増えるだけ　白髪、体重　シワ、脂肪　❸36（❸52）
不景気で　1万去って　また1万…　❶134（❶136）
「夫源病」　気づかぬ亭主は　「不勉強」　❶82（❶84）
「フサメン」と　呼ばれたダンナが　「ブサメン」に　❷85（❷47）
太ってる　妻はいつでも　「あったかいんだからぁ♪」　❷114（❷116）
ブラマヨも　くりぃむしちゅーも　チョコプラも　❸145（❸161）
古い毛や　カツラ編み込む　抜け毛あと　❷116（❷118）

ま

ボディスーツ　無理して着れば　ミミズ腫れ　❶35（❶37）
ホワイ夫？　なんで臭いの　加齢臭！　❷80（❷42）
ホワイ夫？　なんで私に　近寄るの？　❷81（❷43）
ホワイ女房？　なんで化粧が　ズレてるの？　❷81（❷43）
本当の　老後が始まる　65歳　❷65（❷27）
ほんとうは　チコちゃんよりも　妻が怖い　❸125（❸141）
本屋にて　フェイスブックを　探す妻　❷130（❷132）

まあ奥様！　「首から上」は　リサイクル　❶159（❶161）
まあ奥様！　「首から下」は　骨董品　❶159（❶161）
まあ奥様！　「腰から下」は　掘り出し物　❶159（❶161）
まぁオシャレ！　トラ柄　ヒョウ柄　ゼブラ柄　❶176（❶178）
マイナンバー　あたしに隠して　どうすんの!?　❷144（❷146）
「マイナンバー？　抽せんあるの？」　それはくじ！　❷145（❷147）
マイナンバー　もらったジジババ　「ナンマイダー」　❷144（❷146）
前髪を　集めてさみし　うしろ側　（❶52）❷46（❷52）
前髪を　「寄せて上げ」たら　ちょんまげに　❷93（❷95）

む

め

「メシ、まだか？」　家族ドン引き　オレ孤独　❸153（❸169）

メタボ妻　骨盤ベルトで　朝稽古？　❶32（❶34）

「メッシー」と　呼んでたダンナに　「アーンして」　❷96（❷98）

目に入れば　ヤな男すぎる　わが夫　（❶158）

も

もうイった？　アナタの早さも　〝レジェンド〟ね　❶114（❶116）

もう打つな　バクチ損する　カネをする　（❸116）

猛暑日に　夫を見ると　なお暑い　❸73（❸89）

もしかして　もしかしてだけど　それ化粧？　❷108（❷110）

もしかして　もしかしてだけど　ダンナいる？　❷109（❷111）

もしかして　もしかしてだけど　チューしたの？　❷109（❷111）

物言えば　背筋が寒し　ダジャレ夫　（❸66）

もの言えば　ダジャレが寒い　オヤジかな　（❶90）

紅葉狩り　ダンナは家で　犬の番　❷177（❷179）

や

ヤケ食いで　「じぇじぇじぇ！」の女房　激太り　❶59（❶61）

優しかった　家内も今は　おっかない　❶29（❶31）

ら

「酔っちゃって…」ダンナの言い訳　聞き飽きた！　❶99（❶101）
酔ってても　女房の前では「草食系」　❶104（❶106）
嫁孝行　したい自分に　嫁はなし　（❸174）
嫁さんに　反論できる　AIほしい　❸73（❸89）
嫁、寝てる　コンビニ閉まる　メシ抜きに…（泣）　❸64（❸80）
嫁の偽装　見抜けないまま　40年！　❶43（❶45）
嫁の腹　季節はずれの　鏡もち　❷79（❷41）
嫁太り　着られる服が　10着だけ　❷168（❷170）
夜帰宅　オレは淋しく「ぼっち」飯　❷124（❷126）
夜8時　営業終わった？　妻、寝てる　❸67（❸83）
「4K」妻「きつい」「汚い」「怖い」「危険」　❷41（❷87）
「4K」で　見てはいけない　妻の顔　❷71（❷33）
40年　経てばダンナも　タダのジジイ　❷61（❷23）
ラブラブの　夫婦もあれから　35年（40年）！　（❷201）
ラブラブの　二人が今じゃ　デブデブに　❸16（❸32）
ランチでも　オレより高いの　頼む妻　❸120（❸136）

文庫版あとがき

皆様、『きみまろ「夫婦川柳」傑作選』の第3巻、いかがだったでしょうか？

おウチの中でも、楽しく笑っていただけましたでしょうか？

新型コロナは中高年にとっても大変な試練となりました。老後の楽しみだった旅行や食べ歩きができず、かわいい子や孫と会う機会も減ってしまいました。そんな中高年こそ大いに笑って、免疫機能を高めていただけたらと思います。

私きみまろもメジャーデビュー15周年を超えて全国を飛び回る日々を過ごしておりましたが、コロナで生活が一変。自宅の畑でカボチャやナス、ニンジンなどの野菜を育てたりしています。まさに濃厚接触ならぬ〝農耕接触〟……。今は徐々にライブを再開し、来る《きた》20周年に向けて精進し続ける毎日です。

そんな私の今の願いは、まずライブに来ていただいたお客様に安心して楽しんでいただくこと、そして出演したテレビ番組や爆笑漫談ＤＶＤの視聴者に喜んでもらうこと、さらに週刊ポストの連載「夫婦のゲキジョー」とこの『きみまろ「夫婦川柳」傑作選』の読者に大いに笑っていただくことでございます。この〝三冠王〟が達成できたら入場無料、じゃなくて感無量なのでございます。

3巻で めざせ笑いの 三冠王

今回、本書に収録した川柳作品も、1、2巻と同じく、これまでの私のネタから五・七・五に揃えたものや、『週刊ポスト』編集部が作った作品から選んで並べ替えたものです。この本の出版にあたっては、同編集部の荻迫英典さんと関哲雄さん、そして編集プロダクション夢組の島崎保久さんにお世話になりました。謹んで感謝申し上げます。

綾小路きみまろ

―本書のプロフィール―

本書は、二〇一九年六月に小学館より刊行された同名の単行本を加筆・修正して文庫化したものです。